Ellen Barksdale

Tee? Kaffee? Mord! – Die blauen Pudel des Sir Theodore

Tee? Kaffee? Mord! – Die Serie

Davon stand nichts im Testament ...

Cottages, englische Rosen und sanft geschwungene Hügel: das ist Earlsraven. Mittendrin: das »Black Feather«. Dieses gemütliche Café erbt die junge Nathalie Ames völlig unerwartet von ihrer Tante – und deren geheimes Doppelleben gleich mit! Die hat nämlich Kriminalfälle gelöst, zusammen mit ihrer Köchin Louise, einer ehemaligen Agentin der britischen Krone. Und während Nathalie noch dabei ist, mit den skurrilen Dorfbewohnern warmzuwerden, stellt sie fest: Der Spürsinn liegt in der Familie ...

Über die Autorin

Geboren wurde Ellen Barksdale im englischen Seebad Brighton, wo ihre Eltern eine kleine Pension betrieben. Von Kindheit an war sie eine Leseratte und begann auch schon früh, sich für Krimis zu interessieren. Ihre ersten Krimierfahrungen sammelte sie mit den Maigret-Romanen von Georges Simenon (ihre Mutter ist gebürtige Belgierin). Nach dem jahrelangen Lesen von Krimis beschloss sie vor Kurzem, selbst unter die Autorinnen zu gehen. »Tee? Kaffee? Mord!« ist ihre erste Krimireihe.

Ellen Barksdale

Tee? Kaffee? Mord!

DIE BLAUEN PUDEL
DES SIR THEODORE

Aus dem Englischen von Ralph Sander

beTHRILLED

Vollständige ePub-to-Print-Ausgabe des in der Bastei Lübbe AG erschienenen eBooks »Tee? Kaffee? Mord! – Die blauen Pudel des Sir Theodore« von Ellen Barksdale

beTHRILLED in der Bastei Lübbe AG

Copyright © 2018 by Bastei Lübbe AG, Köln
Textredaktion: Julia Feldbaum
Lektorat/Projektmanagement: Rebecca Schaarschmidt
Covergestaltung: Kirstin Osenau unter Verwendung von Motiven © shutterstock/SJ Travel Photo and Video, © Mary Ro/Shutterstock, © Mary Ro/Shutterstock, ©Chrislofotos/Shutterstock
Satz: 3w+p GmbH, Rimpar
Druck: Books on Demand GmbH, Norderstedt

ISBN 978-3-7413-0128-5

www.be-ebooks.de

www.lesejury.de

Prolog, in dem die Vorbereitungen für einen Anschlag getroffen werden

»Guten Abend, kommen Sie rein«, sagte die junge Frau zu ihrem Besucher, nachdem sie die Tür zu ihrem kleinen Labor im Untergeschoss geöffnet hatte. »Ich habe Sie schon früher erwartet.«

»Ich wollte auch viel früher hier sein«, erwiderte der ältere Mann. »Aber unsere lieben Ordnungshüter haben wohl die Chance gewittert und versucht, auf der Strecke, die ich nehmen musste, einen Weltrekord in Sachen Radarfallen aufzustellen. Dadurch hat die Fahrt fast doppelt so lange gedauert.«

Die Frau grinste ihn an. »Das heißt, normalerweise wären Sie doppelt so schnell gefahren? Da können Sie ja froh sein, dass Sie nicht geblitzt wurden.«

»Ja, das stimmt. Zumindest hoffe ich, dass sie bei der ersten Radarfalle diesen noch schnelleren Porsche erwischt haben, der mich in dem Moment überholt hat, als es blitzte.« Er schüttelte den Kopf. »Moderne Wegelagerei ist das. So was gehört eigentlich verboten.«

»Kommen Sie, ich habe etwas, das Sie aufmuntern wird«, sagte die Frau, obwohl es einen Moment lang so schien, als wollte sie widersprechen.

Aber einem Kunden widersprach man nicht, wenn man mit ihm später auch noch Geschäfte machen wollte. Er wusste das, und auch sie hatte das bereits verinnerlicht, obwohl sie so jung war.

Er ging vorbei an einer Reihe von Vitrinenschränken, in denen auf mehreren Etagen braune Glasflaschen dicht gedrängt aneinanderstanden. Jede war akribisch mit ihrem Inhalt und ergänzenden Hinweisen beschriftet worden. Auf manchen klebten zusätzlich kleine orangefarbene oder rote Etiketten, die vor einer tödlichen oder ätzenden Wirkung warnten.

»Hm«, machte der Mann. »Chemie war für mich immer ein Buch mit sieben Siegeln. Diese unzähligen Kürzel für tausend verschiedene Elemente waren mir von dem Tag an ein Rätsel, an dem wir das erste Mal Chemieunterricht hatten.«

»Schade, dabei ist es eine so interessante Materie, die unendlich viele Möglichkeiten bietet«, meinte die junge Frau und griff nach einer Sprühflasche. »Wie zum Beispiel dieses hier.«

»Ist es das?«

»Das ist Ihr kleines Zaubermittel, mit dem Sie die Damen, wie gewünscht, in Panik versetzen können.«

Er lächelte zufrieden. Sollte die junge Frau ruhig glauben, dass es um einen harmlosen Streich ging. Ob sie ihm andernfalls das Spray ausgehändigt hätte, war keineswegs sicher. »Und wie funktioniert das genau?«

Die Frau zog ihre Mundwinkel leicht nach unten. »Wenn Sie mit Chemie nichts zu schaffen haben, ist Ihnen nicht geholfen, wenn ich Ihnen die Bestandteile aufzähle und erkläre, welche Substanz mit welcher wie reagiert.«

»Mir reicht die Laienversion«, gab er ein wenig ungeduldig zurück. Er wollte nur wissen, wie das Mittel wirkte und worauf er zu achten hatte.

»Okay. Also, da ist zum einen der Farbstoff, der das Haar einfärbt, aber der ist zusätzlich von einem Hemmstoff umschlossen, der den Farbstoff davon abhält, seine eigentliche Aufgabe zu erledigen.« Während sie redete, betrachtete sie mit stolzer Miene die Flasche in ihrer Hand. »Dazu kommt ein Lösungsmittel, das seine Wirkung erst entfaltet, wenn es ungefähr zehn bis fünfzehn Minuten lang mit Sauerstoff in Berührung kommt. Das Lösungsmittel spaltet sozusagen den Hemmstoff, und dann kommt der Farbstoff zum Einsatz. Das ist, vereinfacht gesagt, das, was dann passiert.«

Der ältere Mann nickte zufrieden. Das war genau das, was er haben wollte. »Sehr gut, das kann sogar ich verstehen. Vielen Dank.« Er streckte die Hand nach der Flasche aus.

»Erst das Geld«, machte sie ihm klar.

»Hier sind Ihre dreißig Pfund«, erwiderte er, nachdem er die Brieftasche aus der Jacke geholt hatte.

»Fünfzig.«

»Wie?«

»Wir hatten fünfzig vereinbart«, betonte sie.

»Tatsächlich?«

»Für die Arbeit, die ich damit hatte, könnte ich sogar hundert verlangen«, sagte sie. »Und jetzt antworten Sie lieber nicht, dass Sie es für den Preis selbst machen könnten. Das könnten Sie nämlich nicht, weil Sie nicht mal wüssten, welche Grundsubstanzen Sie brauchen.«

»Schon gut, Sie haben ja recht«, gab er hastig zurück. »Heute will jeder nur noch handeln, da dachte ich … na, auch egal. Hier haben Sie die fünfzig.«

»Danke.« Die junge Frau sah ihr Gegenüber skeptisch an, schließlich händigte sie ihm die Sprühflasche aus. »Denken Sie daran, es darf keine Luft an den Inhalt gelangen, sonst verwandelt sich die Mischung innerhalb von Minuten in stinknormale Sprühfarbe.«

»Ja, schon klar. Vielen Dank für Ihre Bemühungen.« entgegnete er und wandte sich zum Gehen. Sie folgte ihm zur Tür, die sie abgeschlossen hatte, nachdem er hereingekommen war, und entriegelte sie wieder.

»Gern wieder«, sagte sie. »Vielleicht haben Sie ja beim nächsten Mal etwas richtig Kompliziertes für mich.«

Er nickte ihr zu und ging zu seinem Wagen. Als er eingestiegen war, fiel ihm auf, dass sie jetzt wusste, welchen Wagen er fuhr und welches Kennzeichen er hatte. Er stöhnte leise auf, weil er nicht daran gedacht hatte, woanders zu parken. Aber die Frau würde vermutlich ohnehin nie erfahren, wozu ihr kleines Meisterwerk in Wahrheit dienen sollte. Die Meldung würde nicht bis zu ihr vordringen, weil der Vorfall zu unbedeutend war. Und selbst wenn, würde die Frau keinen Zusammenhang zwischen ihrer Mixtur und den Folgen für die nichtsahnenden Opfer erkennen – weil sie nach ganz anderen Opfern Ausschau halten würde.

Bislang lief alles nach Plan, jetzt musste er nur noch den richtigen Moment abpassen. Dann würden die Dinge unweigerlich auf einen großen Knall hinauslaufen, mit dem alles erledigt sein sollte …

Erstes Kapitel, in dem Nathalie einen Ratschlag braucht, aber nicht bekommt

»Das nächste Mal übernehme ich aber die Rechnung«, erklärte Rob Dinkmore, als Nathalie ihn nach draußen auf den Parkplatz vor dem Black Feather begleitete, wo er seinen kleinen Transporter abgestellt hatte.

»Aber nicht in meinem eigenen Pub«, gab sie amüsiert zurück. »Wie würde das denn aussehen?«

»Hm, vielleicht würde ja ein großzügiges Trinkgeld dabei herausspringen«, sagte Rob und lachte.

»Oh, das hätten Sie früher sagen sollen.« Sie zwinkerte ihm zu. »Das nächste Mal werden wir einfach woanders essen.«

Er rieb sich über seinen Dreitagebart. »Gibt es denn hier irgendwo noch einen anderen Pub, in dem wir essen können?«

»Am Marktplatz von Earlsraven gibt es das Jim's Old Chair, da kann man auch gut essen«, erklärte Nathalie und fuhr sich durchs Haar, das ihr nur vier Wochen seit ihrem letzten Friseurbesuch in Liverpool schon wieder viel zu lang erschien. »Der neue Wirt versucht den Leuten hier die amerikanische Burger-Küche schmackhaft zu machen, und ich muss sagen, das ist Lichtjahre von dem entfernt, was einem in den üblichen Burger-Ketten als ›Essen‹ hingestellt wird.« Sie machte eine vage Geste. »Die Idee ist nicht schlecht, weil er damit ein ganz anderes Angebot hat als mein Lokal. Aber in einem Dorf wie diesem ist es nicht so leicht, den Menschen etwas Neues vorzusetzen. In den Großstädten gibt es alle fünf Minuten einen neuen Trend, was Restaurants angeht, da kann man viel eher mit Ungewöhnlichem auf sich aufmerksam machen. Hier dagegen …«

»Ich weiß, das ist drüben in Blade's Edge nicht anders«, stimmte Rob ihr zu. »Als Vegetarier in dieser Gegend zu überleben ist gar nicht so einfach, weil es kein Geschäft gibt, das ein entsprechendes Sortiment führt. Vor einem halben Jahr ist dann auf dem Wochenmarkt plötzlich ein Stand aufgetaucht, der alles für Vegetarier und sogar für Veganer im Angebot hatte …«

»Lassen Sie mich raten: Nach vier Wochen war der Stand wieder weg, weil Sie so ziemlich der einzige Kunde waren«, warf Nathalie ein.

»Sechs Wochen, ansonsten stimmt alles«, bestätigte er. »Das einzig Positive ist, dass mir der Händler einmal in der Woche meine Bestellung nach Hause liefert. Aber schade für ihn. Sein Angebot hat einfach so gut wie niemanden interessiert«

Er schloss die Fahrertür auf und nickte. »Also gut, dann scannen Sie die Fotos, und schicken sie mir rüber, und wenn ich mir alles genau angesehen habe, machen wir einen Termin aus, damit ich mir ein Stück Wand vornehmen kann.«

Er drückte ihr die Hand, was für Nathalies Empfinden eine Spur länger dauerte, als es eigentlich normal gewesen wäre. Nicht, dass es sie gestört hatte, schließlich war dieser Rob Dinkmore ihr sympathisch – und mit seinem Dreitagebart und den eigentlich etwas zu langen pechschwarzen Haaren, die bis weit in den Nacken reichten und ein wenig die Ohren bedeckten, sah er eigentlich verdammt gut aus.

So völlig anders als … Glenn.

»Hm«, machte sie so leise, dass Rob sie nicht hören konnte, da er bereits in seinen Wagen eingestiegen war und mit zu viel Schwung die Tür zuschlug. Sie war mit Glenn zusammen, was also brachte sie auf die Idee, diesen Mann überhaupt danach zu beurteilen, ob er attraktiv war oder nicht? Er sollte für sie einen Auftrag erledigen, bei dem es nur darauf ankam, dass er ihn ordentlich und fachmännisch anging. Ob er dabei gut aussah oder ob er eine tolle Figur machte, war völlig unwichtig. Obwohl …

»Himmel«, fluchte sie im Flüsterton, während sie Rob zuwinkte, der den Wagen aus der Lücke gesetzt hatte und nun abfuhr. »Ich werde mich gleich an den Schreibtisch setzen und hundertmal *Glenn ist mein Freund!* schreiben.«

Vergiss das *noch* nicht, merkte eine Stimme in ihrem Hinterkopf an.

»Haben sich eigentlich alle gegen mich verschworen?«, murmelte Nathalie und stöhnte auf, als sie dann auch noch ihre Köchin Louise sah, die gegen den Türrahmen gelehnt dastand und sie angrinste. Die ältere Dame war erst vor ein paar Minuten zur Arbeit erschienen und einmal durchs Lokal gehuscht, als Nathalie noch mit Rob am Tisch gesessen hatte. Da war Nathalie bereits der zweite Blick aufgefallen, den Louise ihnen zugeworfen hatte.

»Netter Kerl«, meinte sie, als Nathalie schließlich an der Eingangstür ankam. »Haben Sie sich extra heute mit einem interessanten Mann verabredet, weil Sie wussten, dass ich Mrs. Ealing im Krankenhaus besuche? Wollten Sie, dass ich davon nichts mitbekomme?«

»Wie leicht Sie mich doch durchschauen, Louise«, gab Nathalie mit unverhohlener Ironie zurück. »Das ist schon erschreckend.«

»So bin ich eben. Also?«

»Sie haben recht, dass er ein interessanter Mann ist, aber was den Rest angeht, liegen Sie grundlegend falsch. Das war Rob Dinkmore, ein Restaurator aus Blade's Edge«, erklärte sie.

»Aus Blade's Edge? Wo will der Mann denn hin, dass er dann ausgerechnet hier einen Zwischenstopp macht?«

»Er wollte genau hierhin«, betonte Nathalie. »Wir waren verabredet …«

»Ha! Also doch!«, rief die ältere Frau mit der grauen Kurzhaarfriseur, die schon fast etwas Militärisches hatte. Das war vermutlich aber auch kein Wunder, schließlich hatte Louise nach eigener Aussage für einen Geheimdienst gearbeitet.

»Also doch? Was ›also doch‹?«

»Sie hatten sich mit ihm verabredet.«

»Ja, aber das habe ich letzte Woche gemacht, noch bevor Mrs. Ealing in ihrer Küche gestürzt war – und damit auch bevor einer von uns wissen konnte, dass Sie sie heute Mittag im Krankenhaus besuchen würden.«

»Und? Wo haben Sie ihn kennengelernt?«

Nathalie ging an ihr vorbei nach drinnen in den Pub, wo jetzt, um kurz nach zwei, nur wenige Gäste anwesend waren. »Da, wo man heutzutage Männer eben kennenlernt – im Internet.«

Louise folgte ihr in den Gang zwischen dem Pub auf der einen und dem Café auf der anderen Seite. Er zog sich durch das gesamte Haus, verband alle Räume miteinander und führte weiter hinten ins Büro und zur Wohnung, in der bis zu ihrem Tod vor wenigen Monaten Nathalies Tante Henrietta gelebt hatte.

»Aber ganz im Ernst«, fuhr sie fort und schloss die Tür zu ihrem Büro auf. »Ich bin da auf einen Schuhkarton voll mit alten Fotos gestoßen, und auf einigen ist der Pub um 1880 zu sehen, und zwar von innen.« Nathalie griff nach einem dünnen Stapel alter Fotos und hielt sie Louise hin. »Sehen Sie sich die Wände an.«

Louise hielt die Fotos unter die Schreibtischlampe, um die blassen Motive besser erkennen zu können. »Sind das Wandmalereien?«, fragte sie schließlich.

»Die Bilder sind leider etwas düster«, antwortete Nathalie und nahm am Schreibtisch Platz. »Ich habe versuchsweise zwei von diesen Fotos eingescannt und dann mit Helligkeit und Kontrast gespielt. Dabei wurde dann etwas deutlicher, dass es sich um Landschaftsbilder und mindestens in dem einen Fall um die Darstellung von Schlachtengetümmel handelt. Wenn Sie sich alle Fotos ansehen, können Sie feststellen, dass sich an jeder Fläche zwischen den Stützbalken ein solches Gemälde befindet. Die meisten davon sind auf den Fotos leider zu klein, als dass man sagen könnte, was sie darstellen. Auf jeden Fall hat mich das neugierig gemacht und mich auf die Idee gebracht, einen Fachmann kommen zu lassen, um zu prüfen, ob diese Bilder noch da sind. Möglicherweise sind sie nur unter immer neuen Lagen Putz verschwunden, und man kann sie wieder ans Tageslicht holen. Falls das geht, könnten wir etwas wirklich Kostbares zutage fördern, was uns Publicity bringen würde. Gut hundertvierzig Jahre alte Wandgemälde wird man wohl nicht in jedem Pub finden.«

»Und Dinkmore ist dafür Experte?«

»Na ja, er ist zunächst mal der einzige Restaurator in der näheren Umgebung, der kurzfristig Zeit hatte, um einen ersten Blick auf die Wände zu werfen«, erwiderte Nathalie. »Er wird sich die Fotos genauer ansehen und dann an einer versteckten Stelle vorsichtig eine Putzschicht nach der anderen entfernen, um herauszufinden, ob diese Lage überhaupt noch existiert. Es kann ebenso gut sein, dass die Oberfläche abgeschlagen wurde und keines der Bilder mehr vorhanden ist.«

»Und wenn er fündig wird?«, fragte Louise und nahm auf dem Hocker vor dem Schreibtisch Platz.

»Dann hängt alles davon ab, mit wie viel Aufwand und Kosten eine solche Restauration verbunden ist. Es ist ja nicht so, als hätte ich einen übermalten Rembrandt in der Ecke stehen, von dem nur die oberste Farbschicht abgetragen werden müsste, um mich zur Multimillionärin zu machen.«

»Er ist an Ihnen interessiert«, sagte Louise unvermittelt, ohne auf Nathalies letzte Äußerung einzugehen.

Nathalie schaute ihre Köchin verdutzt an. »Was?«

»Dinkmore ist an Ihnen interessiert«, erklärte sie.

»Nein, er ist an dem Job interessiert, weiter nichts.«

Louise schüttelte beharrlich den Kopf. »Er ist mehr an Ihnen als an diesem Job interessiert. Haben Sie nicht gemerkt, wie er Sie angesehen hat? Wie er Ihre Hand gehalten hat?«

»Da war nichts!«, protestierte Nathalie, obwohl ihr das mit der Hand ja auch sofort aufgefallen war.

»Da war was, aber es hat Sie nicht gestört«, betonte die ältere Frau schmunzelnd. »Wäre der Mann zwar fachlich erstklassig, Ihnen aber vom Wesen her nicht sympathisch, hätten Sie ihn schon längst als so aufdringlich eingestuft, dass er den Auftrag vergessen könnte.«

Einen Moment lang saß Nathalie da und überlegte, was sie bloß sagen sollte. Gerade als sie zu einem »Ähm« ansetzen wollte, um wenigstens einen Anfang zu machen und dann immer noch improvisieren zu können, kam ihr Louise zuvor.

»Außerdem habe ich Sie noch nie in Rock und Bluse gesehen«, sagte die Köchin schmunzelnd.

»Na ja, ich wollte ihm als Geschäftsfrau gegenübertreten«, verteidigte Nathalie sich. »In T-Shirt und Jeans hätte er mich doch für eine blutige Anfängerin gehalten, der man alles weismachen kann …«

»Außerdem liegt diese Bluse viel enger an als eines von Ihren drei Nummern zu großen T-Shirts, und der Rock betont Ihre Beine viel mehr als jede Jeans. Entspricht Mr. Dinkmore denn in natura wenigstens dem Foto auf seiner Website?«

»Ja, er ist … Moment mal«, unterbrach sich Nathalie. »Woher wissen Sie, dass es ein Foto auf seiner Seite gibt?«

»Wusste ich nicht«, gab Louise triumphierend zurück. »Aber jetzt haben Sie meine Vermutung ja bestätigt.« Sie legte den Kopf schräg. »Und? Finden Sie ihn nett?«

»Ich finde, er macht einen vernünftigen Eindruck«, sagte Nathalie ausweichend. »Ich habe das Gefühl, dass er seine Arbeit gut machen dürfte.«

»Aber … ist er nett?«, beharrte Louise.

»Das tut nichts zur Sache, meine Liebe«, sagte Nathalie etwas energischer als beabsichtigt. »Solange er seine Arbeit zu meiner Zufriedenheit erledigt und das Projekt nicht Kosten verursacht, die ich nie wieder reinholen kann, ist es nicht wichtig, ob ich ihn für nett oder hinreißend oder was auch immer halte. Haben Sie vergessen, dass ich mit …«

Ihr Smartphone fiel ihr mit lautem Klingeln ins Wort.

Sie sah auf das Display und verzog den Mund zu einem ironischen Lächeln. »Gerade wenn man vom Teufel spricht …«

»Glenn?«, fragte Louise.

Nathalie nickte. »Einen Zehner, dass er wieder absagt.«

»Ich halte dagegen. Irgendwann muss meine Glücks- und Ihre Pechsträhne mal ein Ende nehmen«, meinte die Köchin und zwinkerte ihr zu. »Jetzt gehen Sie ran, bevor er auflegt.«

»Ja?«, meldete sich Nathalie und versuchte, so zu klingen, als hätte sie eben nicht gerade noch an ihn gedacht. »Oh … Glenn … ja, gut. Und dir? Mhm … mhm … so früh schon? Das ist schön, dann haben wir …« Sie unterbrach sich, weil Glenn so überschäumend auf sie einredete. »Ja, genau … und den Samstag habe ich mir für uns frei gehalten, da können wir beide mal ganz in Ruhe … Was?« Sie stutzte, als sie Louise hochschrecken und mit den Händen fuchteln sah, aber sie konnte nicht auf sie achten, wenn Glenn nicht den Eindruck bekommen sollte, dass sie ihm gar nicht zuhörte. Schließlich war es das, was sie ihm schon einige Male vorgehalten hatte. Sie drehte sich so, dass sie Louise und deren Hampeleien nicht sehen konnte. »Ich weiß nicht, das … das können wir uns ja immer noch überlegen, wenn du hier bist. … Ja, richtig … okay, dann sehen wir uns am Freitag.«

Sie legte auf und wandte sich wieder Louise zu. »Was ist denn?«

»Sie halten sich den kommenden Samstag für Glenn frei? Haben Sie vergessen, dass am Samstag die große Hundeshow stattfindet und dass Sie zur Jury gehören?«, fragte die ältere Frau kopfschüttelnd.

»Die Hundeshow?«, wiederholte Nathalie erschrocken. »Warum haben Sie denn nicht … oh, Entschuldigung. Genau das haben Sie ja. Ich hab's nur nicht begriffen.« Sie starrte auf ihr Smartphone, das sie immer noch in der Hand hielt. »Ich werde Glenn anrufen müssen und ihn vorwarnen.« Sie zögerte und sah zu Louise. »Oder … was meinen Sie, was ich machen soll?«

Die Köchin hob abwehrend die Hände. »Da halte ich es so wie jeder gute Therapeut und frage Sie: Was wollen *Sie* denn machen?«

»Das ist es ja. Ich habe keine Ahnung!«

»Nathalie, jeder Ratschlag kann nach hinten losgehen«, erklärte Louise. »Ich möchte außerdem, dass Sie ehrlich zu sich sind und auf ihr Herz hören. Ich kann Ihnen empfehlen, dass Sie ihn erst einmal herkommen lassen und ihm dann eröffnen, dass Sie Samstag keine Zeit haben werden. Ihr Verhältnis ist allerdings eh schon recht angespannt – vielleicht kommt es dann endgültig zum Bruch zwischen ihnen beiden. Oder ich rate Ihnen, die Hundeshow abzusagen, und helfe Ihnen damit vielleicht, den Riss in Ihrem Verhältnis zu kitten. Vielleicht heiraten Sie beide dann sogar irgendwann und sind anschließend unglücklich in Ihrer Ehe. In beiden Fällen möchte ich mir keine Vorwürfe machen müssen. Die für Sie richtige Entscheidung können Sie nur treffen, wenn Sie ehrlich zu sich selbst sind und nicht, indem Sie auf die Ratschläge alter Frauen hören.«

»Ist das nicht ein bisschen weit vorgegriffen?«, fragte Nathalie verdutzt.

»Das ist es keineswegs, wenn man früher einmal nahezu blind Befehle ausführen musste und dann die Konsequenzen zu sehen bekommen hat«, sagte Louise leise. »Darum bin ich letztlich auch ausgestiegen. Ich fing an zu überlegen, welche Folgen es für das Umfeld einer Person haben würde, wenn diese Person eliminiert werden sollte.«

»Ich will aber doch nicht, dass Sie jemanden eliminieren«, wandte Nathalie ein und lächelte Louise ein wenig verlegen an.

»Sie wissen, wie ich das meine, Nathalie.«

Nathalie nickte verständnisvoll, musste aber grinsen. »Ich werde Sie nicht zu einem Ratschlag überreden. Ich glaube, Sie könnte ich sowieso zu gar nichts zwingen.«

»Da haben Sie wohl recht«, stimmte Louise ihr amüsiert zu. »Die Methode müsste erst noch erfunden werden.«

Nach kurzem Zögern legte Nathalie das Smartphone zur Seite. »Ich werde es Glenn nicht sagen, sondern erst, wenn er hier ist. Wir werden sehen, welche Ihrer Voraussagen dann eintrifft.«

Zweites Kapitel, in dem Nathalie mit einer unerfreulichen Neuigkeit konfrontiert wird

Zum x-ten Mal sah Nathalie auf die Uhr und verzog missmutig den Mund.

»Noch immer nichts von Glenn gehört?«, fragte Louise, die sich durch die Durchreiche beugte, um einen Blick in den gut besuchten Pub zu werfen.

»Nein, und ich dachte, er wollte früh abfahren, damit wir noch was vom Tag haben«, murmelte sie.

»Wenn etwas dazwischengekommen wäre, hätte er sich sicher längst gemeldet«, meinte die Köchin besänftigend. »Vielleicht hat er irgendeine Überraschung vorbereitet.«

»Ja, vielleicht«, sagte Nathalie, auch wenn sie das nicht so recht glauben wollte. Und wenn es wirklich eine Überraschung sein sollte, war sie sich bei ihrem Freund längst nicht mehr so sicher, dass es etwas Gutes sein würde. Dafür war in den letzten Wochen zu viel zwischen ihnen passiert. Sie seufzte und griff nach dem nächsten Glas auf dem Tresen, das poliert werden musste. Vermutlich würde er ihr freudestrahlend verkünden, dass er nächste Woche zum Hauptsitz seiner Bank nach New York versetzt werden würde. Andererseits: Womöglich wäre es gar nicht so verkehrt, wenn sie selbst keine Entscheidung treffen musste, ob und wie es mit ihnen beiden weitergehen sollte. Dann musste sie sich später wenigstens nie Vorwürfe machen, vielleicht doch den falschen Weg gegangen zu sein – weder, weil sie sich wider besseren Wissens an die Beziehung geklammert hatte, noch, weil sie sie beendet hatte, ohne sich genug um eine Rettung bemüht zu haben.

Ja, so ein Fingerzeig von höherer Ebene wäre wirklich eine hilfreiche Sache. Allerdings fürchtete sie, dass der nicht kommen würde, erst recht nicht, wenn man darauf hoffte … weil man selbst zu feige war, einen Schlussstrich zu ziehen, wenn er erforderlich war, meldete sich wieder diese Stimme irgendwo in ihrem Hinterkopf zu Wort.

Sie stellte das auf Hochglanz polierte Glas in das Regal hinter dem Tresen.

»Wie läuft das eigentlich genau mit der Hundeshow?«, fragte sie, an Louise gewandt, um sich auf andere Gedanken zu bringen.

»Sie wollen zur Hundeshow?«, warf Harold Dean ein, der Barkeeper des Black Feather, der gerade von der anderen Seite des Tresens zu ihr kam. »Für eine Anmeldung ist es jetzt aber zu spät. Das hätten Sie mindestens vor einem halben Jahr machen müssen, und … oh, Augenblick … vor einem halben Jahr waren Sie ja noch gar nicht hier, und … ähm … einen Hund haben Sie doch auch nicht, soweit ich weiß. Oder habe ich da etwas nicht mitbekommen?«

»Dann haben Sie meinen imaginären Bernhardiner wohl noch nicht gesehen«, gab Nathalie lächelnd zurück.

»Nein, daran würde ich mich erinnern«, sagte der Mann todernst. »Allerdings erklärt das, warum der Schwund beim Rum so stark zugenommen hat. Da leert wohl jemand regelmäßig das imaginäre Fässchen, das der imaginäre Hund um den Hals trägt, und füllt es hinterher an der Theke wieder auf.«

»Schuldig im Sinne der Anklage«, entgegnete Nathalie lachend und hob kapitulierend die Hände.

»Miss Ames sitzt in der Jury«, erklärte Louise dem Barkeeper. »Sie ist für ihre verstorbene Tante nachgerückt.«

»Oh, das wusste ich gar nicht. Meinen Glückwunsch.« Er nickte Nathalie zu, während er einen Drink aus dem Mixer in ein Cocktailglas umfüllte, das er dann mit Kirschen dekorierte. »Darf ich mir denn Hoffnung darauf machen, dass Sie meinem Richard Stenson III. die volle Punktzahl geben werden?«

»Richard wer?«, gab sie zurück.

»Richard Stenson III. ist ein Chihuahua«, erklärte Harold.

»Also gar kein richtiger Hund«, warf Louise mit einem Augenzwinkern ein.

»Er ist sehr wohl ein richtiger Hund!«

»Er kann kein richtiger Hund sein, wenn das Namensschild an seinem Halsband größer ist als das Tier selbst«, hielt sie dagegen.

»Louise, ich lasse mich nicht von dir ärgern«, sagte er mit gespieltem Trotz.

»Tust du doch, Herzchen.«

»Tu ich nicht.«

»Tust du …«

»Wenn wir dann mal zu meiner ursprünglichen Frage zurückkommen könnten«, ging Nathalie schmunzelnd dazwischen. »Wie läuft diese Show ab?«

»Also, es gibt verschiedene Kategorien, in die die Hunde eingeteilt werden. Die richten sich nach der Schulterhöhe. Innerhalb der Kategorie treten zunächst immer zwei Hunde mit ihren Besitzern gegeneinander an. Der Gewinner kommt in die nächste Runde, der Verlierer … tja, der hat halt verloren und kann dem Spektakel von der Tribüne aus zusehen«, erklärte ihr Harold. »In der zweiten Runde …«

»Da bin ich!«

Nathalie zuckte zusammen, als sie die laute, ausgelassene Stimme hörte, die von der Eingangstür durch den Pub schallte und alle Gäste dazu veranlasste, sich umzudrehen.

»Glenn«, sagte sie, nachdem sie selbst auch erst hatte hinsehen müssen, wer da so lautstark auf sich aufmerksam machte. Dieser fast schon überdrehte Tonfall war für ihn so untypisch, dass er sich für ihre Ohren völlig fremd angehört hatte. Das »Glenn«, das ihr bei seinem Anblick über die Lippen gekommen war, hatte nicht einmal annähernd etwas von seinem Enthusiasmus, sondern es klang eher so, als hätte sie beim Anblick des Postboten gesagt: »Der Postbote.«

Glenn schien sich daran nicht zu stören, da er freudestrahlend auf seine Freundin zuschoss, sich über die Theke beugte und Nathalie einen Begrüßungskuss gab, der ihr allem Überschwang zum Trotz mehr wie ein Kuss unter Geschwistern vorkam.

»Hallo, Lisa«, sagte er beiläufig, nahm das korrigierende »Louise« nicht zur Kenntnis, das von Nathalie und der Köchin gleichzeitig kam, und nickte dem Barkeeper nur zu.

Ihr Freund war noch keine zwei Minuten da, und schon hatte er es geschafft, ihre zugegebenermaßen verhaltene Wiedersehensfreude in Richtung Nullpunkt wandern zu lassen. War es denn wirklich so schwer, sich ein paar Namen zu merken? Bei den wichtigen Kunden in seiner Bank konnte er es sich auch nicht erlauben, die steinreiche Mrs. Maycott mit Mrs. Mayflower anzusprechen.

»Es gibt grandiose Neuigkeiten, Nathalie«, redete er unbeirrt weiter. »Komm mit nach draußen!«

Das konnte eigentlich nur bedeuten, dass er sein Vorhaben wahr gemacht hatte, den BMW-SUV gegen ein ähnliches Monstrum von Porsche einzutauschen.

»Okay, ich komme schon«, sagte sie und ging um die Theke herum, dann verließen sie den Pub. Auf dem Parkplatz davor entdeckte sie nach wenigen Schritten Glenns BMW. Sie stutzte. »Ich dachte, du willst mir dein neues Auto zeigen.«

»Mein Auto? Nein, ich habe was viel Besseres«, erwiderte er und holte sein Smartphone aus der Tasche, rief ein Foto auf und hielt es ihr hin.

»Und?«, fragte sie beim Anblick des Hochhauses.

»Erkennst du das nicht?«, gab er ungläubig zurück.

»Hm … das müsste der Vermilion Tower sein«, sagte sie.

»Das *ist* der Vermilion Tower«, bestätigte er begeistert. »Und weißt du was? Ganz oben im fünfzehnten Stock ist seit gestern Abend eine riesige Wohnung frei! Ich habe sie mir heute Morgen noch ansehen können, und sie ist grandios!«

»Der Vermilion Tower steht doch unten am alten Hafen, oder?«

»Ja, und man hat eine grandiose Aussicht auf die Mersey«, fuhr er fort. »Du wirst davon begeistert sein!«

Nathalie stand eine Zeit lang da und kniff die Augen zu, während sie tief und gleichmäßig durchatmete, um zur Ruhe zu kommen. Sie ahnte … nein, sie wusste, was

Glenn sich in den Kopf gesetzt hatte, und trotzdem wollte sie nicht glauben, dass er sich tatsächlich so wenig für das interessierte, was sie mit ihrem Leben anzufangen gedachte.

»Erzähl mir doch bitte von Anfang an, worum es hier eigentlich geht«, bat sie ihn leicht genervt.

»Also, der bisherige Eigentümer ... ein Mr. Graham ... ist vor einer Weile spurlos verschwunden«, berichtete Glenn freudestrahlend, als sei dieser Umstand etwas durchweg Gutes. »Man hat ihn schließlich irgendwo oben in den Highlands entdeckt, wo er ohne Strom und Wasser in einer verfallenen Hütte haust. Er hat sich da so gut eingelebt, dass es der Polizei in mehreren Anläufen nicht gelungen ist, ihn zu fassen zu bekommen. Der Mann scheint da in der Gegend tausend Verstecke zu kennen.« Glenn zuckte mit den Schultern und machte eine wegwerfende Geste, als sei ihm das Schicksal dieses Mannes ganz egal. »Jedenfalls ist er seit so vielen Monaten im Rückstand mit seinen Raten, dass meine Bank ihm jetzt die Wohnung weggenommen hat und sie in der nächsten Woche zwangsversteigern will.«

»Aha«, machte Nathalie nur.

»Bevor das aber passiert, haben alle Angestellten unserer Bank ein Vorkaufsrecht zu einem besonders günstigen Preis«, fuhr er fort, »und genau da kommen wir ins Spiel. Stephen, der für den Vorgang zuständig ist, ist ja ein guter Freund von mir, wie du weißt.«

»Stephen Ryder, nicht wahr?«, entgegnete sie, auch um Glenn zu zeigen, dass *sie* sehr wohl die Namen seiner Kollegen wusste.

»Genau«, bestätigte er nur. »Er hat mich heute Morgen in diese Wohnung gelassen, und wenn ich ihm am Montagmorgen gleich um acht Uhr Bescheid gebe, dass wir sie nehmen, wird sie garantiert niemandem sonst angeboten. Das heißt, uns kann auch niemand überbieten. Die Wohnung kann uns gehören. Ich will gleich morgen früh mit dir nach Hause fahren, dann treffen wir uns mit Stephen, und du kannst dir dieses Schmuckstück auch noch ganz in Ruhe ansehen. Obwohl das eigentlich gar nicht nötig ist. Ich habe bestimmt hundert Fotos von jedem Winkel der Wohnung gemacht, selbstverständlich auch von der atemberaubenden Aussicht. Das ist im Prinzip das Gleiche, als wärst du mit dabei gewesen.«

Er sah Nathalie abwartend an.

»Und wenn mir das alles gefällt, dann kaufst du diese Wohnung?«, fragte sie.

»Ja, richtig. Also, *wir* kaufen dann diese Wohnung.« Wieder schaute er sie ungeduldig an, als könnte er ihre Zustimmung kaum erwarten. »Na? Was sagst du?«

Nathalie schüttelte den Kopf und ging zu einem der Stehtische vor dem Pub und stellte sich in den Schatten des Sonnenschirms, da es ihr mitten auf dem Parkplatz zu warm geworden war. »Ich … weiß gar nicht, wo ich anfangen soll.«

»So ging es mir auch, Nathalie. Aber Stephen hat das Darlehen mit deinem und meinem Gehalt ausgerechnet und ist sich sicher, dass wir immer noch ein bequemes Polster haben werden, wenn du noch ein paar Überstunden machst.«

»Wie aufmerksam von deinem Kollegen«, gab sie zynisch zurück. »Hat er auch vorgeschlagen, dass wir uns dann nur noch vom Discounter ernähren sollen? Und nur von dem Essen, das am gleichen Tag abläuft und deswegen auf den halben Preis runtergesetzt worden ist? Soll ich dann besser auch nur noch gebrauchte Kleidung kaufen?«

Glenn stutzte und fuhr sich irritiert durch sein glatt nach hinten gekämmtes Haar, das auf den Millimeter genau geschnitten war. Mit einem Mal wünschte sich Nathalie, sie hätte Rob vor sich, den Mann mit den langen, ein bisschen zerzausten Haaren und den Bartstoppeln, die ihm Charakter verliehen. Bei Glenns Anblick wurde ihr bewusst, dass er eigentlich so auf Hochglanz poliert aussah wie jeder andere Banker auch.

»Ich ... ähm ... ich weiß nicht, was jetzt in dich gefahren ist, Nathalie«, sagte er und klang ehrlich verwundert. »Kannst du mir auf die Sprünge helfen?«

»Gern«, sagte sie. »Wenn ich wüsste, wo ich anfangen soll ... ah, ja, ich hab's. Fangen wir doch da an, wo wir das letzte Mal aufgehört haben, als ich in Liverpool war. Nämlich bei unserem Streit.«

»Streit? Was für ein Streit?«

»Glenn, prallt an dir eigentlich neuerdings alles ab, was dir nicht passt?«, fragte sie aufgebracht. »Ich war sauer auf dich, weil du dich übers Wochenende nach London davongemacht hast, ohne mir ein Wort zu sagen.«

»Ich war doch sowieso den ganzen Tag mit Seminaren beschäftigt, was hättest ...«

»Ich hätte in der Zwischenzeit in der Stadt shoppen gehen können, und *nachts* hattest du ja wohl keine Seminare, nicht wahr?«

»Natürlich nicht. Aber du hattest mir doch gesagt, dass du dich meldest, wenn du Zeit hast«, wandte er ein.

»Da wusste ich ja auch nicht, dass du nach London fliegen würdest!«

»Ja, okay, war wohl nicht sehr geschickt von mir«, räumte er ein, was sich aber nicht so zerknirscht anhörte, wie es nach Nathalies Meinung angemessen gewesen wäre. »Aber wir haben seitdem ein paar Mal telefoniert, warum hast du das nicht schon längst gesagt?«

»Weil ich mich mit dir nicht am Telefon streiten will«, antwortete sie. »Ich will zu einer Antwort auch deinen Gesichtsausdruck sehen!«

Glenn klatschte in die Hände und strahlte Nathalie an. »Okay, dann ist das Problem doch erledigt. Es tut mir leid, und es wird nicht wieder vorkommen.«

»Dass du über meinen Kopf hinweg entscheidest?«, hakte sie nach und sah ihn aufmerksam an.

»Ja, genau.«

»Und trotzdem hast du das Gleiche jetzt schon wieder gemacht, Glenn«, hielt sie ihm vor. »Du suchst für uns eine Wohnung in einem Haus aus, in das mich keine zehn Pferde reinkriegen. Ich will nicht im fünfzehnten Stock wohnen und Tag für Tag auf eine der hektischsten und gefährlichsten Kreuzungen der Stadt blicken müssen. Und ich will nicht jeden Tag auf einen Aufzug angewiesen sein, weil ich sonst fünfzehn Etagen rauflaufen muss, wenn er mal ausfällt …«

»Es gibt da drei Aufzüge«, warf er ein.

»Und wenn es einen Stromausfall gibt, helfen dir auch zehn Aufzüge nicht weiter!«, konterte sie, und ihre Stimme veränderte sich zunehmend. »Außerdem finde ich es eine Unverschämtheit von dir, einfach davon auszugehen, dass ich bereit bin, meine Ersparnisse und einen Großteil meines Gehalts für diese oder irgendeine andere Wohnung herzugeben. Nicht zu vergessen natürlich die Überstunden, die ich dazu noch machen soll.«

»Ich kann ja auch noch mehr Überstunden machen, wenn es das ist, was dich stört«, versuchte er, ihr entgegenzukommen.

»Nein, das ist nicht das, was mich stört!«, fuhr sie ihn an und sah zu spät, dass eine Familie auf dem Parkplatz angehalten hatte und vom Wagen zum Pub ging. Die Eltern und die drei Kinder sahen irritiert zu ihnen. Nathalies Wut verrauchte dadurch aber nicht. »Was mich stört, ist die Tatsache, dass du mich nicht erst einmal fragen kannst, ob mich das interessiert. Du hättest gestern Abend anrufen können und mir sagen, was los ist, und du hättest spätestens heute Morgen anrufen können, als du dir die Wohnung ansehen konntest.«

»Ich wollte dich überraschen, sonst nichts«, beteuerte er ein wenig verstimmt. »Ich wusste nicht, dass du das so in den falschen Hals kriegen würdest.«

»Abgesehen davon, Glenn«, ging Nathalie über seinen Einwand hinweg, »weißt du doch genau, dass ich zurzeit kein Gehalt beziehe, weil ich mich für ein Jahr habe freistellen lassen. Ich könnte noch gut neun Monate keinen Cent zu dieser Wohnung beisteuern, selbst wenn ich es wollte.«

»Wieso? Du kannst doch deine Wohnung aufgeben. Die Miete, die du dafür zahlst, können wir für die andere Wohnung nehmen ...«

»... in die ich nicht einziehen will!«, unterbrach sie ihn. »Glenn, verstehst du nicht? Ich fühle mich hier in Earlsraven wohl. Inzwischen viel wohler als in Liverpool. Ich weiß nicht, ob ich jemals dorthin zurückkehren werde. Ich habe hier eine Arbeit, die mich erfüllt und mir Spaß macht. Es gefällt mir hier auf dem Land. Hier herrschen nachts wirklich noch Ruhe und Dunkelheit, nicht so wie in Liverpool oder London oder wo auch immer, wo die ganze Stadt rund um die Uhr auf den Beinen zu sein scheint. Wo es nachts nie dunkel wird, weil die Straßenlampen und die Ampeln und die Leuchtreklamen die ganze Nacht mit ihrem Licht verpesten.«

Glenn stand eine Weile einfach nur da und schaute drein, als wäre die ganze Welt um ihn herum zusammengebrochen. »Das hättest du mir vielleicht etwas eher sagen sollen«, war sein darauf folgender Kommentar, der ihm mit einem vorwurfsvollen Unterton über die Lippen kam.

Nathalie stöhnte auf und ließ die Stirn auf die Tischplatte sinken. »Das *habe* ich dir gesagt«, erwiderte sie und bemühte sich um Geduld. »Sogar bei mehreren Telefonaten in den letzten vier Wochen. Es ist nicht meine Schuld, wenn du dann gleichzeitig Börsenkurse verfolgst oder im Internet irgendwelche Aliens jagst.«

»Ich würde doch nicht …«, begann er zu protestieren.

»Ich weiß nicht, was du in der Zeit machst, auf jeden Fall hörst du mir nicht zu«, sagte sie so ruhig, wie sie konnte. Wenn er wenigstens einmal irgendetwas zugegeben hätte! Wenn er doch nur einmal die Verantwortung übernommen hätte! »Ich habe dir gesagt, dass ich mir gut vorstellen kann, nicht nur das eine Jahr hier zu bleiben, damit ich das Erbe meiner Tante antreten kann. Ich habe dir gesagt, dass ich mir beim letzten Mal in Liverpool wie in einer völlig fremden Stadt vorgekommen bin.«

»Ach so, das meinst du. Dann war es dir wohl wirklich ernst«, murmelte er sichtlich perplex.

»Warum sollte ich das sonst gesagt haben?«

»Ich dachte, das hing vor allem mit unserem verkorksten Wochenende zusammen. Dass du in deinem Ärger gleich auf die ganze Stadt geschimpft hast. Und dass du mir eins auswischen wolltest, weil du sauer warst … Ist ja auch egal. Auf jeden Fall habe ich dich dann aber doch richtig verstanden, dass du erst mal nicht an der Wohnung interessiert bist, oder?«

»Nicht nur *erst mal* nicht, sondern *gar* nicht«, betonte sie und atmete durch. »Wenn das Jahr um ist und ich weiß, was ich machen werde, ist es noch früh genug, nach einer neuen Wohnung Ausschau zu halten. So hatten wir das vereinbart, und dabei bleibt es.«

»Tja, dann werde ich Stephen anrufen und ihm sagen, dass er die Wohnung ruhig der Nummer zwei auf seiner Liste anbieten kann«, überlegte er. »Damit fällt der Termin morgen früh dann ja auch flach.«

»Das wäre er sowieso, weil ich morgen bei einer Hundeausstellung mitmachen werde«, erklärte sie und erntete prompt einen erstaunten Gesichtsausdruck.

»Eine Hundeausstellung? Seit wann hast du einen Hund?«

»Habe ich nicht, aber ich gehöre zur Jury.«

»Hast du dich freiwillig gemeldet?«, fragte er und grinste sie an: »Oder müssen immer die Leute für so was ran, die erst seit Kurzem im Dorf leben?«

»Weder noch.« Es überraschte sie, dass Glenn sich nicht wunderte, wieso sie den Samstag in der Show verbrachte, obwohl sie ihm doch gesagt hatte, dass sie sich den Tag extra für ihn frei halten wollte. Vermutlich hatte er das auch schon wieder vergessen. »Tante Henrietta hat mir ihren Platz in der Jury vererbt.«

»Geht so was denn?«

»Offensichtlich ja, immerhin hat niemand dagegen protestiert«, sagte sie. »Das wird sicher aufregend. So was habe ich noch nie gemacht.«

»Du schaffst das schon«, erwiderte er, dann folgte betretenes Schweigen. Wie sollten sie jetzt weitermachen?

Nathalie ließ den Blick über den gut ausgelasteten Parkplatz schweifen. Mindestens zwei Drittel der Plätze waren belegt, aber wenn sie an die wenigen belegten Plätze im Pub dachte, mussten die meisten Besucher wohl das Café aufgesucht haben. Das befand sich auf der dem Dorf zugewandten Seite des Gebäudes und verfügte über eine weitläufige Terrasse, die bei so gutem Wetter wie heute auch unter der Woche gut besucht war. An sonnigen Wochenenden hätte diese Terrasse auch zwei- oder dreimal so groß sein können, sie wäre immer noch aus allen Nähten geplatzt.

Das Black Feather war wirklich eine Goldgrube, und auch nach gut drei Monaten war Nathalie auf keinen Hinweis gestoßen, dass sich das Ganze doch noch als Seifenblase entpuppen und sie auf einmal auf einem Berg Schulden sitzen könnte. Es sprach nichts dagegen, dem letzten Willen Ihrer Tante nachzukommen und die Kombination aus Pub, Café und Pension in Eigenregie weiterzuführen.

Wenn Glenn das doch bloß einsehen und respektieren würde, anstatt stur davon auszugehen, dass sie spätestens nach einem Jahr nach Liverpool zurückkehren und das Black Feather verpachten würde.

Sie sah wieder zu Glenn, der so wie sie verlegen dastand und nicht wusste, was er tun oder sagen sollte.

»Ich …«, begann sie auf gut Glück, da sie hoffte, dass ihr schon was einfallen würde, wenn sie erst einmal zu reden anfing.

»Nathalie!«, rief Louise, die auf einmal in der Tür stand. »Telefon für Sie. Rob Dinkmore hat noch eine Frage wegen des Auftrags.«

»Ja, ich komme sofort«, erwiderte sie. »Glenn, ich …«

»Ich weiß, ich weiß«, sagte er und lächelte sie an. »Die Arbeit ruft.«

»Richtig, aber in dem Fall ist es etwas wirklich Aufregendes«, antwortete sie. »Wenn ich mit R… ähm … Mr. Dinkmore telefoniert habe, werde ich dir ein paar Fotos vom Pub zeigen, wie er früher ausgesehen hat.«

Glenn nickte ihr zu, als würde er ihre Freude teilen, aber während sie zur Eingangstür lief, beschlich sie das Gefühl, dass ihn diese Fotos vermutlich überhaupt nicht interessierten.

Drittes Kapitel, in dem Nathalie überraschende Erkenntnisse gewinnt

Er sah auf seine Uhr. Kurz vor sieben. Alles war fertig. Die Sprühflasche war einsatzbereit. Er durfte den richtigen Moment nicht verpassen – alles hing davon ab, nicht zu früh und nicht zu spät zuzuschlagen. Zu früh wäre nicht ganz so schlimm, das würde letztlich den Plan nicht zunichtemachen. Aber zu spät … das gäbe ein Problem, denn wenn das Rennen erst einmal gelaufen war, würde sein kleiner »Zauber« allenfalls für ein paar Lacher sorgen, aber am Ergebnis nichts mehr ändern können.

Auf den Erfolg seiner Aktion hatte er letztlich kaum einen Einfluss, wie ihm erst später bewusst geworden war, denn die angegebenen zehn Minuten waren ein Mittelwert, der insbesondere von der Raumtemperatur, der Luftfeuchtigkeit und der Körpertemperatur abhing. Vielleicht hätte er dieser Chemikerin doch sagen sollen, wann und bei wem und unter welchen Umständen er das Spray einsetzen wollte. Dann hätte sie womöglich eine andere Mischung zusammenstellen können, die viel genauer ihre Wirkung entfaltet hätte.

Aber solange die Wirkung nicht schon einsetzte, wenn die Flüssigkeit aus dem Zerstäuber austrat, würde es wohl irgendwie klappen. Er packte die Sprühflasche in die Tasche und machte sich auf den Weg.

Als Nathalie am Samstagmorgen um sieben Uhr von ihrem Wecker aus dem Schlaf geholt wurde, brauchte sie eine Weile, ehe ihr klar wurde, was nicht stimmte. Sie lag auf dem Sofa, und Glenn war nicht aufgetaucht! Am Abend zuvor hatte er die Bekanntschaft von drei Mittzwanzigern gemacht, die auf der Durchreise nach London waren und eigentlich nur auf die Schnelle etwas hatten essen wollen.

Sie wusste nicht, wieso Glenn mit den jungen Männern ins Gespräch gekommen waren, auf jeden Fall saßen sie um zehn Uhr immer noch zusammen an einem Tisch und unterhielten sich angeregt. Glenn hatte sein Tablet aus dem Wagen geholt und angefangen zu rechnen, was erfahrungsgemäß eine langwierige Angelegenheit war. Er entwickelte die optimale Finanzierung für irgendein Projekt, legte dann aber auch noch die zehn oder notfalls sogar zwanzig Alternativen daneben, die sich ergaben, wenn er die Laufzeit oder das Eigenkapital oder eine der vielen anderen Variablen veränderte. Glenn bezeichnete es als Service, Nathalie hielt es eher für eine unmoralische Taktik, auch wenn sie das nicht sagte. Sie war den Umgang mit Zahlen gewöhnt, aber spätestens nach der vierten Alternative verlor selbst sie die Übersicht.

Gegen Mitternacht hatten die vier noch immer im Pub gesessen, obwohl die drei jungen Männer beim Betreten des Lokals noch betont hatten, sie wollte nur etwas essen, das schnell zubereitet war, weil sie spätestens um acht Uhr weiterfahren wollten, um nicht zu spät in

London zu sein. Glenn war dabei so in seinem Element gewesen, dass er außer seinen drei faszinierten Zuhörern nichts mehr um sich herum wahrgenommen hatte.

Nachdem sie sich wortlos in die ehemalige Wohnung ihrer Tante am anderen Ende des Gebäudes zurückgezogen hatte, schrieb sie Glenn eine SMS mit dem Hinweis, wo sie zu finden sei – und dass sie die Wohnungstür für ihn unverschlossen lassen würde, damit er einfach hereinkommen könnte, sobald er sich von der Gruppe verabschiedet hätte.

Sie war auf dem Sofa eingeschlafen, auf dem sie gesessen und auf ihn gewartet hatte. Und Glenn war gar nicht erst hergekommen. Aber wo war er hin? Er konnte ja nicht im Pub geschlafen haben. Aber vielleicht in seinem Wagen? Ja, das wäre denkbar, schließlich waren die Sitze bequem genug. Nur … warum sollte er lieber im Wagen schlafen, anstatt herzukommen? Oder war er noch in der Nacht abgefahren? Nein, sie hatte ihn zu viel Alkohol trinken sehen, und trotz aller Fehler und Schwächen, die für sie erst in der letzten Zeit offensichtlich geworden waren, ließ er seinen Wagen rigoros stehen, wenn er getrunken hatte.

Aber … wo war er dann?

Sie sah auf ihr Telefon und bemerkte, dass eine SMS von Glenn auf sie wartete, abgeschickt um sieben Minuten nach drei in der Nacht.

Gute Nacht, stand da nur, gefolgt von einem Smiley.

Nathalie stand auf und ging zum Fenster, um einen Blick auf den Parkplatz zu werfen. Glenns Wagen war noch da. Verwundert ging sie ins Badezimmer, um zu duschen, dann zog sie sich an, warf einen letzten Blick auf ihre Frisur, betrachtete ihr Gesicht und beschloss, auf Make-up zu verzichten. Die Hundeshow fand im Gemeindesaal statt, der für seine miserabel arbeitende Klimaanlage berüchtigt war, und das bedeutete, dass es dort unangenehm warm werden konnte. Nach den ersten Tagen im Pub hatte sie eingesehen, dass sich Schweiß und Make-up zumindest in ihrem Fall nicht allzu gut vertrugen. Anstatt das Risiko einzugehen, die nächsten drei bis vier Tage wieder mit einem hartnäckigen Ausschlag zu verbringen, verzichtete sie lieber darauf, sich zu schminken.

»Warum auch? Ich *bin* ja schließlich die Jury, ich muss nicht irgendjemanden beeindrucken«, redete sie leise vor sich hin und verließ die Wohnung.

»Ah, da bist du ja. Du kommst genau rechtzeitig«, rief Glenn, als sie nach einem Blick in den verwaisten und dunklen Pub den Kopf durch die Tür zum Café steckte.

Glenn stand links von ihr am Buffet und bediente sich sehr großzügig beim Rührei und beim gebratenen Speck.

»Wo warst du?«, fragte sie. »Ich habe auf dich gewartet.«

»Es ist ziemlich spät geworden gestern Nacht«, erwiderte er. »Und als ich dich dann auf dem Sofa liegen sah, so fest eingeschlafen und so ... so ... ich weiß nicht ... zufrieden, würde ich sagen ... da hab ich es nicht übers Herz gebracht, dich aufzuwecken. Harry, der Barkeeper, hat mir den Schlüssel für eines eurer Zimmer gegeben, er meinte, das ginge schon in Ordnung.«

Nathalie nickte. »Natürlich geht das in Ordnung. Aber ich dachte ... sag mal, was hattest du mit den dreien so Wichtiges zu bereden, dass du keine Zeit mehr für mich gefunden hast?«

»Das wollte ich dir gerade sagen«, antwortete Glenn und zog sie hinter sich her zu seinem Tisch. Er dirigierte sie zu einem der Stühle, stellte seinen Teller ab und eilte zurück zum Buffet, um ihr eine Tasse Kaffee zu bringen. »Die drei sind im Begriff, ein Unternehmen zu gründen, etwas mit 3-D-Projektionen für medizinische Zwecke. Ein Knaller, sag ich dir. Wenn das auf den Markt kommt, das wird locker die Hälfte der Behandlungsmethoden über den Haufen werfen, wie wir sie heute kennen. Dieses System wird wie eine Lizenz zum Gelddrucken sein, einfach genial.«

»Du kennst dich mit so etwas aus?«, fragte Nathalie verwundert.

»Zufälligerweise ja, weil wir erst letzte Woche ein ziemlich ähnliches Projekt abgelehnt haben, für das eine Forschergruppe einen unglaublich hohen Kredit von uns haben wollte«, erklärte er. »Das Projekt wurde von uns auf Herz und Nieren geprüft, was in dem Fall sogar fast noch buchstäblich zu verstehen ist«, fügte er lachend hinzu. »Dadurch bin ich mit allen Schwachstellen vertraut, und von genau den Schwachstellen ist bei diesem Projekt nichts vorhanden. Das ist komplett durchdacht.«

Nathalie trank einen Schluck Kaffee und fragte: »Und was hat das Ganze mit dir zu tun?«

»Die drei sind so glücklich darüber, dass sie eine Bank gefunden haben, die sie bei der Finanzierung unterstützen will, dass sie irgendwem unbedingt davon erzählen mussten. Na ja, und als sie dann auch noch gemerkt haben, dass ich weiß, worum es geht, haben sie mir einfach alles anvertraut, auch die Finanzierung, die ihnen ihr Berater bei der Bank vorgeschlagen hat und die sie heute früh unterschreiben wollen.«

»Lass mich raten, die Finanzierung ist … tja … wie soll ich das formulieren …?«, warf Nathalie ein.

»Der letzte Dreck. Eine Unverschämtheit!«, formulierte Glenn es an ihrer Stelle. »Dieser Kerl will sie nicht nur dazu verpflichten, ihr gesamtes Eigenkapital einzubringen, obwohl ein Zehntel genügen würde. Er verlangt auch noch, dass sie eine Gesellschaftsform wählen, bei der sie bis an ihr Lebensende für alle entstandenen Kosten haften. Und er hat eine kleine, aber hässliche Formulierung in den Vertrag eingebaut, durch die die Bank sich komplett den Rücken frei hält und gleichzeitig sämtliche Urheber- und Patentrechte für sich beanspruchen kann, wenn die drei Schiffbruch erleiden.«

»Ich war der Meinung, dass sich Banken immer den Rücken frei halten und sich gleichzeitig alles einverleiben, was sie kriegen können«, sagte sie mit ironischem Unterton.

Glenn hob abwehrend die Hände. »Ja, ich weiß, es gibt genug Fälle, in denen eine Bank einen Kunden ganz bewusst im Stich lässt, aber das wäre hier die falsche Vorgehensweise, weil die Bank durch die Anteile an der Gesellschaft weitaus mehr verdienen würde als mit Patentrechten.«

»Ich nehme an, du hast ihnen das vorgerechnet«, folgerte Nathalie schmunzelnd, »und sie haben ihren Ohren nicht getraut.«

»Kann man so sagen.« Er lächelte seine Freundin strahlend an. »Sie waren so begeistert, dass sie mich in ihre Gesellschaft aufnehmen wollen, um den gesamten Finanzbereich abzudecken, von dem die drei keine Ahnung haben.«

»Sie … was?«

Er nickte bestätigend. »Du hast richtig gehört.«

»Aber … was bedeutet das dann für deinen Job bei der Bank? Kannst du das parallel handhaben? Darfst du das überhaupt? Gibt es da nicht einen Interessenkonflikt?«

Glenn zuckte flüchtig mit den Schultern. »Ich schätze, in den ersten vier, fünf Monaten wird der Aufwand so groß sein, dass ich mich beurlauben lassen müsste, um das in den Griff zu bekommen. Danach müsste ich mir halt die Situation sehr genau ansehen und überlegen, ob es genügt, wenn ich ab da nur noch in beratender Funktion tätig werde, oder ob es dann immer noch ein Vollzeitjob sein wird. Dann muss ich eben entscheiden, wo ich weitermachen will.«

»Das heißt, du würdest deine Anstellung bei der Bank aufgeben«, sagte sie bedächtig, atmete tief durch und fragte schließlich. »Und woher kommt dieser plötzliche Sinneswandel?«

»Nathalie«, sagte er und legte seine Hand auf ihre. »Ich habe gestern Abend gemerkt, dass das etwas ist, was ich tun will. Was ich fast schon tun muss. Da kann ich mein Wissen über die Finanzwelt nutzen und selbst davon profitieren, anstatt immer nur das Beste für meine Kunden herauszuholen. Ich habe das Gefühl, wenn ich diese Gelegenheit nicht nutze, dann kommt so etwas vielleicht nie wieder, und ich werde mich womöglich mein Leben lang ärgern, dass ich das an mir habe vorüberziehen lassen.«

Abrupt brach er ab und stürzte sich auf seinen Teller.

»Tja, Glenn, wenn ich dich so reden höre, dann kommt es mir so vor, als hätte ich das alles vor Kurzem schon mal gehört, nur nicht aus deinem Mund.«

Er nickte und antwortete kauend: »Ja, ich weiß. Als mir das gestern Abend durch den Kopf ging, wurde mir auf einmal bewusst, dass ich die ganzen letzten Monate über nicht verstanden habe, was in dich gefahren war, als du auf die Idee kamst, das Erbe deiner Tante antreten und das Black Feather weiterführen zu wollen. Ich dachte, du hast doch alles, was du brauchst, warum willst du dich auf ein solches Wagnis einlassen? Was, wenn es schiefgeht? Was, wenn du nach drei Wochen alles hinschmeißt und zu Tode betrübt bist, dass du dich überhaupt einer solchen Hoffnung hingegeben hast, die dann bitter enttäuscht wird?«

»Und jetzt verstehst du es?«, hakte Nathalie zögerlich nach, da sie sich nicht sicher war, worauf seine Ausführungen eigentlich hinauslaufen würden.

»Oh ja, jetzt verstehe ich das. Und ich verstehe dich«, fuhr er fort, während er immer wieder einen Happen Rührei und Speck in den Mund nahm und hastig kaute. »Ich konnte dich nicht verstehen, weil mir das hier« – er machte eine ausholende Geste – »nichts bietet, was mein Leben interessanter oder aufregender machen könnte. Hier möchte ich nicht mal begraben sein, weil ich mich sogar als Leiche in diesem Kaff noch zu Tode langweilen würde. Die paar Mal, die ich hier war, haben mir gereicht. Wenn ich nachts aufgewacht bin, musste ich dicht an meinen Ohren mit den Fingern schnipsen, damit ich wusste, dass ich nicht taub geworden war. Ich musste auf mein Handy tippen, damit das Display aufleuchtete und ich mich vergewissern konnte, dass ich noch sehen konnte. Denn wenn ich zum Fenster gesehen habe, dann habe ich eben kein Fenster gesehen, weil der Himmel pechschwarz war und sich nicht von der Schwärze unterschied, die in meinem Zimmer herrschte. Ich konnte hier nur bei Licht und laufendem Radio durchschlafen.«

»Das wusste ich nicht«, sagte Nathalie leise.

»Macht auch keinen guten Eindruck, das zu erzählen«, gab Glenn schmunzelnd zurück. »Viel wichtiger ist aber, dass *du* dich hier wohlfühlst. Du bist hier schon zu Hause, so sehr sogar, dass du nur noch von zu Hause redest, wenn du Earlsraven meinst, nicht, wenn es um Liverpool geht.«

»Das habe ich vor Kurzem schon mal gehört«, murmelte Nathalie.

»Dann sollte es doch wohl auch stimmen, oder meinst du nicht?«

»Ja, das sollte es wohl. Aber …« Sie sah ihn lange an. »Was bedeutet das für uns?«

Glenn atmete tief durch, schob den leeren Teller zur Seite und trank von seinem Kaffee. »Ich glaube, es ist egal, wie ich das formuliere, es wird immer so klingen, als würde ich das aus einem unglaublich kitschigen Liebesroman vorlesen, aber … aber ein ›Wir‹ gibt es doch schon seit einer Weile nicht mehr. Ich vermute, das ist schon an dem Tag aus unserem Leben verschwunden, als wir das erste Mal hergekommen sind, damit du dir das Black Feather in Ruhe ansehen konntest.«

»Kann gut sein«, stimmte sie ihm zu.

»Du hättest da schon schreiend weglaufen müssen, damit ich mir Hoffnungen hätte machen können«, sagte er. »Aber du verbindest zu viele schöne Erinnerungen mit diesem Ort, du konntest gar nicht anders, als das Erbe anzunehmen. Da hätte schon die Buchhaltung der letzten zehn Jahre komplett erfunden sein müssen. Das war nicht der Fall, und darum bist du jetzt hier.«

»Dann … dann ist das für uns das Ende?«, fragte sie, weil sie immer noch nicht restlos davon überzeugt war, dass er nicht doch noch eine komplette Kehrtwende vollzog und eine Pointe folgen ließ, indem er ihr womöglich einen Heiratsantrag machte, um ihren Verdacht zu bestätigen, dass er ihr eigentlich gar nicht zugehört hatte.

»Wäre es dir lieber, wenn wir uns im Streit trennen würden, weil ich nicht begreife, was du hier am Ende der Welt willst, und weil du nicht verstehst, warum ich mit dir fast überall leben würde, nur nicht hier?«

»Natürlich nicht«, sagte sie. »Aber das hier fühlt sich an wie … wie eine Kündigung oder etwas in dieser Art. So, als würden wir uns anschließend noch ein Zeugnis schreiben.«

Glenn musste lachen. »Das wäre gar nicht so schlecht. Hoffe ich jedenfalls, auch wenn ich mich in den letzten Wochen wohl eher wie ein Idiot aufgeführt habe.«

»Na ja, ich habe aber auch ein bisschen überreagiert, anstatt mit dir zu reden und dich so lange mit Fragen zu löchern, bis du mir endlich gesagt hättest, was dich so gestört hat.«

Er winkte ab. »Nein, Nathalie, das hier war wirklich mein Problem. Ich habe gar nicht erst versucht zu verstehen, was das Black Feather dir bedeutet. Ich habe mir eingeredet, dass du schon irgendwann ›Vernunft‹ annehmen und nach Liverpool zurückkehren würdest. Aber ich war derjenige, der Vernunft annehmen musste.« Er nickte ihr zu. »Das ist gestern Abend passiert, und ich glaube, darüber sollten wir beide froh und erleichtert sein.«

Die Tür zum Café ging auf, einer der drei jungen Männer kam herein. »Bist du fertig, Glenn? Können wir fahren?«

»Ich bin gleich da. Zwei Minuten noch.«

Nathalie schaute verwundert drein. »Du fährst schon wieder ab?«

»Es ist besser so, Nathalie. Für jeden von uns. Außerdem will ich mir das Treffen mit diesem Finanzberater nicht entgehen lassen.«

Unwillkürlich musste sie grinsen. »Ich nehme an, du wirst ihn in der Luft zerreißen.«

»Vermutlich ja«, entgegnete er und stand auf.

Auch Nathalie erhob sich von ihrem Platz und ging mit ihm bis zur Tür. Glenn blieb stehen und sah sie fragend an. »Ein Abschiedskuss?«, fragte er leise.

Sie zögerte sekundenlang, dann schüttelte sie den Kopf. »Das würde in die falsche Richtung führen, glaub mir.«

Glenn nickte und sah für einen Moment sehr traurig aus. Dann gab er sich einen Ruck. »Ja, das fürchte ich auch.« Er machte die Tür auf und verließ das Café, um zu seinem Wagen zu gehen.

Nathalie sah ihm hinterher. Eigentlich hätte sie jetzt gern ein paar Tränen vergossen, aber er hatte das Ganze so verdammt vernünftig gelöst, dass sie ihren Gefühlen gerade einfach keinen freien Lauf lassen konnte.

»Es wird Zeit«, ertönte auf einmal eine Stimme hinter ihr.

Sie drehte sich um und sah, dass Louise in der Tür zum Verbindungsgang stand und auf ihre Armbanduhr zeigte. »Sie wollen doch nicht bei Ihrem ersten Einsatz als Preisrichterin zu spät erscheinen, oder?«, fragte die ältere Frau.

»Nein, natürlich nicht«, sagte Nathalie. »Ich muss nur noch ins Büro zurück. Die Arbeitsmappe für meinen neuen Job liegt nämlich noch auf dem Schreibtisch.«

»Ist gut, ich warte draußen. Das Wetter ist einfach zu schön, um sich in einem geschlossenen Raum aufzuhalten«, rief Louise ihr nach. »Obwohl wir genau das ja für den Rest des Tages machen werden.«

Auf dem Weg zu ihrem Büro fragte sich Nathalie, wie viel ihre Köchin wohl von der Unterhaltung mit Glenn mitbekommen hatte.

Viertes Kapitel, in dem Nathalie einige seltsame Leute kennenlernt

Der Gemeindesaal lag hinter der alten Kirche mit ihrem beengten Friedhof, der noch zu einer Zeit angelegt worden war, als man geglaubt haben musste, dass man mit schätzungsweise sechzig bis siebzig Gräbern auf lange Sicht auskommen würde. Der Irrtum musste schon bald aufgefallen sein, denn im Vorbeigehen konnte Nathalie auf keinem der Grabsteine ein Sterbedatum sehen, das nach 1820 lag. Zu der Zeit waren neben der Kirche längst zwei Cottages errichtet worden, sodass die weiteren Beisetzungen erst auf der nächsten freien Fläche vorgenommen werden konnten. Hinzu kam das Problem, dass man es damals mit dem Anpflanzen von Bäumen viel zu gut gemeint hatte. Womöglich hatte man etwas ganz anderes wachsen und gedeihen lassen wollen, aber keine Eichen, die so in den Himmel geschossen waren, dass sie den ganzen Friedhof mit ihren Wurzeln unterwandert hatten, um genug Halt zu haben. Als Folge davon wirkte der Friedhof so, als hätte man ihn auf einem erstarrten Ozean angelegt und den Wellengang exakt übernommen. Überall standen Steine schief, und die Wege folgten einem beständigen Auf und Ab zwischen den Wurzeln der Bäume.

Entweder hatte man aus den Fehlern bei der Anlage des ersten Friedhofs nichts gelernt, oder auch hier war der Platz von vornherein durch angrenzende Gebäude vorgegeben gewesen. Es gab nämlich noch einen dritten Teil, der an einen Wald angrenzte – allerdings so großzügig bemessen, dass man dem Wald in absehbarer Zeit nicht zu Leibe rücken musste.

»Ich finde, diese alten Grabsteine haben etwas Geheimnisvolles an sich«, sagte Nathalie, nachdem sie in die Gasse eingebogen waren, die zwischen dem alten Friedhof und dem ersten Cottage verlief.

Ein paar Amseln waren damit beschäftigt, in der Erde zu wühlen und sie zu lockern, um Würmer und anderes Getier aus dem Boden zu picken. Hin und wieder kam Hektik auf, wenn einer der Vögel auf die anderen losging, sobald die fündig geworden waren. Offenbar betrachtete er den Friedhof als sein Revier, auf dem niemand sonst etwas zu suchen hatte. Leider umsonst, denn es tummelten sich einfach zu viele Artgenossen zwischen den Grabsteinen.

Nathalie zeigte auf ein besonders ausladendes Exemplar, das so verwittert und mit Moos überzogen war, dass man keinen Namen und kein Datum mehr entziffern konnte. Oben auf dem Grabstein saß ein steinerner Engel – oder besser gesagt das, was noch von ihm übrig war. Von den Flügeln sah man nur noch Stümpfe, die linke Hand fehlte, der rechte Unterarm war abgeschlagen. Nach der Kopfhaltung zu urteilen, schien die Figur ursprünglich einmal in eine Trompete geschmettert zu haben.

44

»Geheimnisvoll?«, fragte Louise, die ein wenig in Gedanken versunken zu sein schien – entweder weil sie selbst mit irgendetwas beschäftigt war oder weil sie auf eine passende Gelegenheit wartete, um sie auf Glenn anzusprechen. Nathalie vermutete Letzteres, aber sie würde sich alle Mühe geben, ihr keine solche Gelegenheit zu bieten. Wenn Louise etwas zu dem Thema sagen wollte, musste sie schon selbst einen Weg finden.

»Na ja, sehen Sie, es lebt niemand mehr, der den Verstorbenen persönlich gekannt hat«, erklärte Nathalie. »Wer weiß, was es mit all diesen Leuten wirklich auf sich hatte. Vielleicht war jemand zu Lebzeiten ein Tyrann gegenüber seiner Familie und wurde dennoch von den anderen Leuten für den gütigsten Vater des ganzen Dorfes gehalten?«

»Meistens gibt es noch irgendwelche Dorfchroniken«, wandte Louise ein. »Aber ich habe keine Ahnung, wer solche Chroniken geführt hat … also mir ist schon klar, dass so was von einem Stadtschreiber oder Dorfschreiber erledigt wurde … aber ob der in seiner Arbeit objektiv gewesen war oder ob er den Leuten etwas angedichtet hat, die er nicht mochte … wer kann das schon sagen?«, fuhr sie fort, während sie am Ende des Friedhofs ankamen und um die nächste Ecke bogen. »So, da wären wir.«

Vor ihnen befand sich die Gemeindehalle, die aus den Fünfzigerjahren stammen musste, wenn Nathalie das Design mit der sich über Erdgeschoss und ersten Stock erstreckenden Glasfront und die verschnörkelte Neonschrift *Earlsraven Public Hall* zeitlich richtig zuordnete. Es war eine nüchterne, aber zugleich elegante Architektur, wie sie sie von alten Fotos kannte, die meist Liverpool oder London zeigten. Gerade die Nachtaufnahmen hatten es ihr angetan. Dann waren die Straßen in den

Schein des Neonlichts getaucht, hinter dem alles andere in fast völliger Dunkelheit versank. Das verlieh den Fotos etwas Unwirkliches, so als würde in den Städten in der Nacht nur das existieren, was von den Abertausenden Neonröhren beschienen wurde.

Vor dem Haupteingang drängten sich bestimmt hundert Frauen, Männer und Kinder, die alle darauf warteten, dass die Hundeausstellung eröffnet wurde. Vor dem Kassenfenster stand eine lange Schlange, und aus allen Richtungen strömten noch mehr Leute herbei. Die schmale Straße vor der Gemeindehalle war hoffnungslos zugeparkt, aber von ihren Spaziergängen durch Earlsraven kannte Nathalie inzwischen recht viele Autos, die Leuten aus dem Ort gehörten, sodass sie mit Gewissheit sagen konnte, dass diese Fahrzeuge alle aus den umliegenden Ortschaften stammten. Es hätte sich auch außer den Teilnehmern der Ausstellung, die neben ihren Hunden noch alle möglichen Utensilien mitbrachten, niemand in Earlsraven die Mühe gemacht, den Weg von daheim bis hierher mit dem Auto zurückzulegen.

»Es wird doch erst um neun Uhr aufgemacht«, sagte Nathalie beim Näherkommen. »Warum wollen die Leute denn jetzt schon am liebsten die Halle stürmen? Es ist doch kein freier Eintritt, wenn ich das richtig sehe.«

»Das ist ganz einfach erklärt«, erwiderte Louise. »Alle bekannten Produzenten von Hundefutter sind auf diesen Ausstellungen vertreten, und raten Sie mal, was die an die Besucher verteilen?«

»Proben?«

»Richtig, und das gleiche säckeweise«, bestätigte sie. »Der Eintritt für die Ausstellung kann nur deshalb zwölf Pfund betragen, weil diese Futterproben deutlich mehr wert sind. Für die Hersteller ist das Kleinkram, den sie da an Werbemitteln unters Volk bringen, für die Veranstalter ist das eine ideale Kombination. Schließlich zahlen die Hersteller ihnen auch noch Standmiete.«

»Schlau«, fand Nathalie. »Und die Einnahmen?«

»Die gehen komplett an das Tierheim in Osgorne. Die Kirche stellt den Saal kostenlos zur Verfügung, alle arbeiten ehrenamtlich, und die Preisgelder werden auch von den Futtermittelproduzenten gezahlt. Dafür tauchen die Namen ihrer Produkte in allen Texten und auf sämtlichen Fotos auf. Bei Dutzenden dieser Ausstellungen überall im Land kommt so eine Menge Werbung zusammen, die insgesamt relativ wenig Geld kostet.«

»Müssen wir zur Kasse? Oder wo sage ich Bescheid, dass ich da bin?«, wollte Nathalie wissen, als sie die Menschenmenge fast erreicht hatten.

»Nein, nein, wir nehmen den Hintereingang. Sozusagen die Hundeklappe«, antwortete die Köchin und musste über ihre eigene Bemerkung lachen.

Als sie durch eine schmale Gasse zwischen der Halle und einem Reihenhaus gingen, schlug Nathalie eine ganz andere Art von Hektik entgegen. Wollte man am Haupteingang nur so schnell wie möglich zu den Futterproben gelangen, bevor ein anderer einem etwas wegschnappen konnte, war hier jene Nervosität spürbar, wie man sie in jeder Wettkampfarena wahrnehmen konnte. Aber unter diese Nervosität, hoffentlich zu gewinnen, mischte sich auch eine gewisse Hilflosigkeit, weil alles davon abhing, dass der Hund sich durch nichts ablenken ließ und nur das tat, was er tun sollte.

Nathalie fragte sich, wie es wohl gelang, dass diese Unruhe nicht auch auf die Vierbeiner übersprang, die normalerweise sehr empfindlich reagierten, was die Gemütslage ihrer Besitzer anging.

»Hallo«, sagte Louise zu dem schmächtigen jungen Mann, der am Eingang stand und eine Baseballkappe mit der Aufschrift *Security* in großen Lettern trug. Seine Miene wirkte entschlossen, entpuppte sich aber als gespielt, da er mit offenen Augen träumen musste. Anders ließ es sich nicht erklären, wieso er so zusammenzuckte und abwehrend einen Arm vor sein Gesicht hielt, als hätte die Köchin ihm grundlos Prügel angedroht.

»Was?«, fragte er verunsichert.

»Ich bin Louise Cartham, das ist Nathalie Ames, wir stehen auf der Liste der Mitwirkenden.«

Der junge Mann griff nach einem Klemmbrett, das auf einem Hocker gleich neben ihm lag, und durchsuchte. »Cartham ... oookay«, murmelte er und strich mit dem Finger auf dem Blatt nach unten. »Und ... Ames ... Ames ... hm.«

Louise warf Nathalie einen vielsagenden Blick zu. »Ames kommt in der Liste wahrscheinlich vor Cartham«, gab sie schmunzelnd zu bedenken.

Der junge Mann zog die Augenbrauen zusammen und hob abwehrend die Hand. »Nicht unterbrechen, bitte ... ich bin gleich ... tut mir leid, eine Nathalie Ames ist nicht auf der Liste.«

»Suchen Sie doch noch mal ganz oben, über Cartham«, schlug Louise mit sanftem Tonfall vor.

»Ganz oben?«, wiederholte er ungläubig, begann zu suchen und stutzte gleich darauf. »Ames ... da haben wir Sie ja, gleich an zweiter Stelle ... hm, ich kann mir zwar nicht erklären, wie der Name auf einmal *da* hinkommt ... na, egal. Auf jeden Fall können Sie jetzt beide rein. Falls Sie die Halle zwischendurch verlassen wollen, sagen Sie mir Bescheid, damit ich Sie austragen kann.«

Nickend gingen die beiden an ihm vorbei und fanden sich inmitten von aufgeregten Hundehaltern nebst ihren Hunden, deren Zustand von übernervös bis fast lethargisch reichte.

»Wo müssen wir hin?«, fragte Nathalie, als sie einen Vorraum durchquerten, von dem in alle Richtungen Türen und Gänge abzweigten.

»Ich muss nach vorn zur Einlasskontrolle«, antwortete Louise, »und Sie müssen nach dahinten, in die rechte Ecke. Da, wo ›Info‹ steht. Ich weiß nicht, wer den Schalter aktuell besetzt, aber da sagen Sie einfach, wer Sie sind und warum Sie hier sind, und dann bringt man Sie schon zu den anderen Juroren.«

»Okay, ich werde mich erst noch ein wenig umsehen«, erwiderte Nathalie. »Es ist ja noch ein wenig Zeit, und ich vermute, wenn erst mal die Meute hereingelassen wurde, die vor den Türen lauert, wird so schnell sowieso noch kein Hund von der Jury begutachtet.«

»Nein, die Juroren schlendern normalerweise erst einmal durch die Reihen und halten mit dem ein oder anderen Teilnehmer ein Schwätzchen, vor allem mit denjenigen, die zum ersten Mal hier sind.«

»Gut, dann weiß ich das auch«, murmelte Nathalie. »Ich werde …«

»Guten Morgen, die Damen«, ertönte in dem Moment eine Stimme hinter ihnen.

»Constable Strutner«, erwiderte Nathalie. »Ebenfalls einen guten Morgen.«

»Ronald?«, fragte Louise verwundert. »Wieso bist du in Uniform hier? Und wo ist Colonel Jackson?«

»Der ist zu Hause, weil ich Dienst habe.«

Colonel Jackson war der Zwergschnauzer des Polizisten, Nathalie kannte beide inzwischen gut, und wenn der Hund sie irgendwo im Dorf entdeckte, fing er an zu bellen und zerrte den Constable hinter sich her, weil er sie begrüßen und sich ein paar Streicheleinheiten abholen wollte.

»Du hast doch noch nie am Tag der Hundeausstellung Dienst gehabt, Ronald.«

Er zuckte mit den Schultern. »Mir tut's ja auch für Colonel Jackson leid, weil er immer seinen Spaß daran hatte, den Artgenossen zuzusehen, wie sie sich für einen lächerlichen Pokal zum Narren machen. Wenn es wenigstens einen Sack Trockenfutter gäbe. Aber die Zeiten ändern sich nun mal, und Sicherheitsvorschriften müssen beachtet werden. Die Größe der Halle und die Zahl der Besucher machen es notwendig, dass zusätzlich zum Sicherheitspersonal auch ein Polizist anwesend ist.«

»Ist denn schon jemals etwas vorgefallen?«, wollte Nathalie wissen.

»Noch nie, Miss Ames, nicht mal jemand, der ohne Karte reinkommen wollte«, versicherte er ihr.

»Wenn sämtliches Sicherheitspersonal so fähig ist wie der Knabe am Hintereingang, dann kann ich dieser Regelung nur zustimmen«, sagte Louise.

»Wieso? Was ist mit ihm?«, wollte der Constable wissen.

»Der scheint mir nicht mal fünfzehn zu sein, und das Alphabet ist für ihn ein Buch mit sieben Siegeln. Und er ist wohl ein Tagträumer. Als wir hergekommen sind, habe ich ihn angesprochen, dabei stand ich mindestens einen halben Meter von ihm entfernt. Er ist vor Schreck fast umgefallen. Hätte ich ihm was antun wollen, wäre er nicht mal in der Lage gewesen, anschließend eine Personenbeschreibung zu liefern, weil er völlig weggetreten war.«

»Hm«, machte Strutner ungehalten. »Ich werde mir den Burschen mal ansehen und notfalls mit seinem Chef reden.« Mit diesen Worten wandte er sich zum Gehen. »Viel Spaß, Louise«, rief er ihnen im Weggehen zu. »Und viel Erfolg, Miss Ames.«

»Danke«, erwiderten die beiden Damen.

»Von mir auch viel Glück«, fügte Louise an, winkte ihrer Chefin zu und ging in Richtung der Eingangstüren.

Nathalie sah ihr nach, dann betrachtete sie den Trubel, der sich um sie herum abspielte. Eigentlich sollte sie traurig sein, kam es ihr in den Sinn, aber eine seltsame Leichtigkeit hatte sie ergriffen, seit Glenn sein Auto vom Parkplatz des Black Feather gefahren hatte. Vielleicht hatte ja alles doch sein Gutes …

Nathalie konzentrierte sich wieder auf ihre Aufgabe, und ihr fiel ein, dass sie ja bei dieser Veranstaltung noch völlig inkognito war. Sie konnte diese seltene Gelegenheit nutzen, dem ein oder anderen seine Meinung über die Juroren zu entlocken, damit sie einen Eindruck davon bekam, wie ihre Arbeit überhaupt von den Teilnehmern eingeschätzt wurde – beziehungsweise, welche Meinung sie von der Arbeit ihrer Tante hatten. Das war ihr wichtig, denn auch wenn sie nicht im Schatten ihrer Tante stehen wollte, hatte sie ganz sicher nicht vor, nach dem Prinzip der neuen Besen vorzugehen, die gut kehrten und absolut alles auf den Kopf stellten.

Sie betrat den Saal und war von der hektischen Betriebsamkeit zuerst einmal wie erschlagen. An den Werbeständen der Futterfabrikanten wurden säckeweise Dosen, Tütchen und Beutel in Schütten verteilt, aus denen sich in Kürze die gierige Meute vor den Eingangstüren bedienen würde. In der Saalmitte waren in langen Reihen die Tische für die Hunde angeordnet worden, jeder Tisch war mit einem Tier belegt, die zusammen einen Querschnitt durch alle nur denkbaren Rassen zu bilden schienen. Schäferhunde, Pudel, Dackel und noch etliches mehr erkannte Nathalie auf Anhieb, bei manchen Tieren lag ihr die Bezeichnung auf der Zunge, während sie bei einigen anderen davon überzeugt war, dass sie solche seltsamen Fellknäuel noch nie gesehen hatte.

Ein Riesenschnauzer saß auf seiner roten Samtdecke und schien es förmlich zu genießen, wie noch in letzter

Minute die grauen Haare über seine Augen gekämmt wurden. Anschließend trug die Besitzerin ein Spray aus einer Pumpflasche auf, offenbar, um diesem Fransenpony Halt zu geben. Sie und ihr Mann waren so mit dem Tier befasst, dass keiner von beiden Nathalies interessierte Blicke bemerkte.

Sie ging weiter, vorbei an einem Mann, der sich ganz allein um drei schneeweiße Königspudel kümmerte. Die drei Grazien saßen kerzengerade hintereinander aufgereiht da und schauten stur nach vorn, während der Mann mit leichten Berührungen und leisen Befehlen die Haltung noch ein wenig perfektionierte. Mit einer kleinen Bürste strich er hauchzart über das präzise geschorene Fell, um auch noch das letzte aus der Reihe tanzende Härchen zu bändigen.

Der Mann, der sich solche Mühe gab, seine Pudel in Bestform zu bringen, war selbst von einer solchen aber weit entfernt. Seine wenigen, sonst wohl quer über die Glatze gekämmten Haare flogen wild durch die Gegend, sein Kopf war rot angelaufen, das Hemd unter den Armen weitläufig durchgeschwitzt und zum Teil aus der Hose gerutscht. Der Mann gab offenbar alles, um seine Hunde im besten Licht dastehen zu lassen.

Da er genauso wie das Ehepaar eben in die Hege und Pflege seiner Lieblinge vertieft war und Nathalie ihn auch nicht stören wollte, schlenderte sie weiter. Sie wollte nicht riskieren, einen der Teilnehmer aus seiner Routine zu reißen und damit aus dem Takt zu bringen.

Nathalie wechselte in einen anderen Gang, in dem eine Frau vermutlich von ihrem Mann eine Flasche gereicht bekam und dann ihren Rauhaardackel mit einer Flüssigkeit besprühte, ehe sie erst mit einem Kamm und dann auch noch mit den Fingern das Fell gegen den Strich ausrichtete. Die Frau bemerkte Nathalies fragenden Blick und lächelte sie an.

»Wenn die Natur nicht so will, wie sie soll, muss man manchmal ein bisschen nachhelfen«, erklärte die Frau.

»Und wie soll die Natur?«, fragte Nathalie scheinbar arglos.

»Na ja, rau halt«, sagte die Frau. »Aber unser Papillon meint, ihm sei glatteres Fell lieber. Wenn man es anfeuchtet und gegen den Strich bürstet, dann bleibt das mindestens vier Stunden in der Form, die die Jury sehen will.« Die Frau verzog den Mund. »Ich habe hier schon wegen Nichtigkeiten wertvolle Punkte lassen müssen, während Sir ›Ich-bin-der-Größte‹ mit seinen drei Wattebäuschchen die ganze Hundezunft lächerlich macht, wenn er mal wieder die ersten drei Plätze belegt und mit diesen Hundefratzen in allen Zeitungen auftaucht. Dann denken die Leute noch in dreißig Jahren, dass alle Hunde solche hässlichen Kreaturen sind. Man sollte wirklich etwas gegen ihn unternehmen, damit diese Siegesserie ein Ende hat.«

»Sie meinen die weißen Königspudel?«

»Ja, so was war vielleicht vor fünfzig Jahren mal modern, aber diese Jury ist ja derart vorsintflutlich, dass sie das noch gar nicht mitbekommen hat!«, schimpfte die Frau.

»Wirklich?«, fragte Nathalie. Das passte gar nicht zu ihrer Tante.

»Ja, aber das hat auch seine guten Seiten, nicht wahr, Tammy?«, warf ihr Mann ein und zwinkerte seiner Frau zu.

»Max, nicht«, ermahnte sie ihn.

»Kommen Sie«, neckte Nathalie mit einem schelmischen Lächeln, das ihn fast dahinschmelzen ließ, von dem seine Frau aber zum Glück nichts mitbekam. »Sie können doch nicht einfach eine Andeutung machen und mir dann nichts weiter dazu sagen.« Dabei zog sie einen Schmollmund.

»Haben Sie überhaupt einen Hund?«, erkundigte sich Tammy argwöhnisch.

»Ich habe einen ganz süßen Yorkshireterrier, Sandwich heißt er«, behauptete Nathalie. Da sie nach einem Blick auf die auffallend starren Augen und die winzigen Pupillen des Dackels ahnte, worauf das hier hinauslaufen würde, fügte sie hinzu: »Aber leider ist der Kleine schrecklich unruhig. Auf so einem Tisch würde der keine zwei Minuten lang Ruhe geben.«

»Kennen Sie *EazyDreem?*«, fragte der Mann fast beiläufig.

Nathalie legte die Stirn in Falten. Sie hatte den Namen in ihrer Jury-Arbeitsmappe gesehen, er stand auf der sehr langen Liste der verbotenen Substanzen und war ihr sofort aufgefallen, weil er so ganz anders klang als übliche Medikamente. »Klingt nach einen Schlafmittel.« Plötzlich stutzte sie. Wo war die Arbeitsmappe? Sie hielt sie nicht in der Hand, das wusste sie auch ohne hinzusehen, sonst hätten die beiden das Thema überhaupt nicht bei ihr angeschnitten.

»Besser als das«, sagte er. »Das lässt einen Hund nicht schlafen, sondern nur träumen und – das ist das Beste – immer noch jeden Befehl ausführen!«

»Es ist so, als hätten Sie Ihren Hund hypnotisieren lassen«, schwärmte seine Frau und nickte bestätigend. »Das ist ein Wundermittel. Damit wird Ihr Sandwich mit Freuden hier mitmachen.«

»Ist das denn nicht schädlich?«, fragte Nathalie zögerlich.

Der Mann winkte ab. »Wenn wir alle nur das essen oder trinken würden, was nicht schädlich ist, dann würde die Menschheit innerhalb von zwei Wochen verhungern. Es ist alles nur eine Frage der Dosierung. Als kleine Belohnung getarnt geben Sie ihm jede halbe Stunde eine Tablette, und Ihr nervöser Schatz wird die Ruhe selbst sein.«

»Aber …« Nathalie beugte sich vor, um leise zu fragen: »Ist so ein Mittel überhaupt gestattet? So wie Sie das schildern, könnte man meinen, dass die Jury davon bloß nichts mitbekommt und nicht weiß, wonach sie suchen soll. Das würde aber doch bedeuten …«

»Ach, kommen Sie, wir sind hier nicht bei der *Tour de France*. Hier geht's nicht um Millionenbeträge, und es wird ja kein Hund auf den Mont Sonstwas hochgejagt. Es geht ja nur darum, dass die kleinen Schätzchen in den entscheidenden fünf Minuten Ruhe bewahren und nicht nach dem Juror schnappen«, redete die Frau auf Nathalie ein, die sich eben mit Tammy bei ihr vorgestellt hatte. »Sie können es ja mal versuchen, und wenn Sie mit dem Ergebnis zufrieden sind, dann bestellen Sie es am besten direkt bei uns.« Mit diesen Worten drückte sie ihr eine Visitenkarte in die Hand.

»Danke, ich werde mir das mal durch den Kopf gehen lassen«, sagte Nathalie. »Und das Mittel, das nehmen noch andere hier, sagten Sie?«

»Ja. Sie müssen sich Papillons Augen gut einprägen und darauf achten, ob der Hund Sie ansieht, wenn Sie in sein Blickfeld treten«, erklärte Tammy und stieß ihren Mann mit dem Ellbogen an, als wollte sie sagen: *Haben wir das nicht gut gemacht? Schon wieder ein Kunde mehr.*

Nathalie bedankte sich und ging weiter. Nachdem sie sich einige andere Hunde genauer angesehen und sich mit einer Mischung aus maßloser Wut und Ohnmacht abgewandt hatte, ging eine SMS von Louise ein.

Arbeitsmappe an der Info abgegeben. Hatte sie versehentlich an mich genommen.

Sie schickte ein *Danke* zurück, dann ließ sie noch einmal einen Blick durch den Saal schweifen und schüttelte den Kopf, weil sie nicht fassen konnte, was manche dieser Leute ihren Tieren zumuteten.

Noch fünfzehn Minuten bis zur Öffnung der Eingangstüren. Die Zeit wurde knapp. Am Eingang, durch den
sie die Halle betreten hatte, entdeckte Nathalie Constable Strutner und lief ihm entgegen. Sie sagte ihm in aller Eile, was er über das entsetzliche Beruhigungsmittel wissen musste, von dem sie gerade gehört hatte,
und was er ihrer Meinung nach tun sollte, dann lief sie
zur Infotheke und nannte ihren Namen.

»Ah, Miss Ames«, sagte die Helferin und lächelte
sie strahlend an. »Schön, dass Sie da sind. Wir hatten
schon befürchtet, Sie würden doch nicht kommen.«

»Ja, tut mir leid, aber ich bin aufgehalten worden«,
erklärte Nathalie und nahm die Arbeitsmappe an sich,
die die junge Frau ihr hinhielt.

»Die hat Louise für Sie abgegeben.«

Nathalie atmete erleichtert auf. »Ohne die wäre ich
jetzt aufgeschmissen gewesen.«

»Kommen Sie, ich bringe Sie nach hinten.«

Sie folgte der Helferin hinter den Vorhang auf eine
kleine Bühne, wo ein Mann um die achtzig mit weißem
Vollbart und streng nach hinten gekämmten Haaren
und eine ungefähr gleich alte, zierliche Frau in hellgrü-
nen Kitteln zusammenstanden und sich unterhielten.

»Hier ist übrigens Ihr Kittel«, sagte die junge Frau
lächelnd und überreichte Nathalie ein genauso grünes
Kleidungsstück.

»Muss das sein?«, fragte sie, da sie wenig Lust hatte, so etwas über ihrer Kleidung zu tragen. Der Stoff
fühlte sich dick und schwer an, und wenn es in zwei
oder drei Stunden in den Halle erst einmal richtig
warm geworden war, würde sie in dem Ding vermutlich sehr stark schwitzen. Sofern sie in zwei oder drei
Stunden überhaupt noch dieses Amt bekleiden würde …

»Das sind die Vorschriften, tut mir leid«, antwortete die junge Frau. »Sie müssen jederzeit als Mitglied der Jury erkennbar sein.«

»Sie sind Miss Ames?«, fragte der ältere Mann und kam ihr entgegen, um ihr die Hand zu drücken. »Henrietta hat immer nur Gutes von Ihnen berichtet. Ich bin Arthur Heywood, und das ist Valery Bentley.«

»Sehr angenehm«, erwiderte Nathalie und gab beiden die Hand. »Es freut mich, Sie kennenzulernen.«

»Haben Sie eigentlich schon Mr. Mayfield kennengelernt? Den Veranstalter?«, erkundigte sich Mrs. Bentley.

»Nein, bislang noch nicht«, sagte Nathalie. »Seine Sekretärin hatte mir vorgestern die Unterlagen gebracht, das war auch schon alles. Ich habe mir das gestern in Ruhe angesehen, aber ehrlich gesagt habe ich erhebliche Bedenken, dass ich für dieses Amt geeignet bin. Ich meine, ich habe keine Ahnung, wie hoch die Schulterhöhe sein muss, damit ein Zwergpudel auch wirklich ein Zwergpudel ist.«

»Das müssen Sie auch nicht wissen«, beschwichtigte Heywood sie. »Jeder von uns hat nämlich seinen eigenen Bereich. Valery und ich sind für die Rassemerkmale, Gebiss, Schleimhäute, Knochenbau, Färbung, Statur und so weiter zuständig. Sie kümmern sich nur um den optischen Aspekt. Wie sieht der Hund aus? Welchen Eindruck macht das Fell auf Sie? Deutet es auf einen gesunden oder vielleicht doch auf einen kranken Hund hin? Wie steht der Hund? Sind die Beine gerade? Wie wirkt der Hund auf Sie? Lebendig oder nervös, fröhlich oder unter Druck? Wie sehen seine Augen aus? Klar oder matt? All diese rein subjektiven Dinge, die für uns eine zweit- oder drittrangige Rolle spielen. Verstehen Sie?«

»Also beurteile ich, ganz vereinfacht gesagt, ob der Hund so gesund aussieht, dass ich ihn kaufen würde? Meinen Sie das so?«

Mrs. Bentley nickte begeistert. »Ganz genau. Das ist ein guter Vergleich. Das ist so, als wollten Sie ein Auto kaufen und nur danach entscheiden, ob der Lack gut aussieht, ob er keine Beulen hat und die Scheiben keinen Sprung. Für alles, was sich unter der Motorhaube und hinter dem Armaturenbrett befindet, sind wir dann zuständig.«

Nathalie nickte zufrieden. »Ja, das klingt nach etwas, das ich hinkriegen werde.«

»Genau so hat es Ihre Tante auch gemacht, und wir sind immer gut damit gefahren«, sagte Heywood.

»Es gibt aber keinen … na ja, sagen wir Gruppenzwang, dass für ein bestimmtes Tier gestimmt werden muss, damit es auch sicher gewinnt?«, fragte Nathalie vorsichtig.

»Oh, Sie denken da an die drei Pudel von Sir Theodore Prodder, nicht wahr?«, erwiderte die Frau.

»Jedenfalls wurde mir von einem Teilnehmerpaar zu verstehen gegeben, dass die Siegesserie von Sir Theodore allmählich enden sollte«, sagte sie, ohne Namen zu nennen.

Heywood nickte amüsiert. »Sie hätten mit noch mehr Teilnehmern reden sollen, dann wüssten Sie, dass hier jeder den anderen hasst, aber wirklich *hasst*. Niemand gönnt hier dem anderen einen Zehntelpunkt mehr, wenn ihn das den Sieg kostet. Wir können schon froh sein, dass es in erster Linie um die Trophäe und nur um ein ganz bescheidenes Preisgeld geht. Ansonsten hätte es hier garantiert schon Mord und Totschlag gegeben. Jeder bringt sein eigenes Futter mit, weil niemand von einem anderen etwas annehmen würde. Niemand lässt sein Tier aus den Augen, auch nicht für die berühmten zwei Minuten.«

»Tatsächlich? Ist das denn nötig?«, wollte Nathalie wissen.

»Passiert ist noch nie etwas«, antwortete Mrs. Bentley und klang dabei fast ein wenig enttäuscht.

»Mr. Mayfield hatte vorhin schon nach Ihnen gefragt, Miss Ames«, warf Heywood ein. »Er wollte sich vergewissern, dass Sie auch wirklich dabei sein werden.«

»Hm, dann sollte ich wohl besser mal zu ihm gehen und ihn beruhigen, dass ich ihn nicht im Stich lassen werde«, meinte Nathalie. »Wo finde ich ihn? Wissen Sie das zufällig?«

»Durch die Tür dahinten links, und dann die letzte Tür auf der rechten Seite. ›Künstlergarderobe‹ steht dran. Er nutzt den Raum als sein Büro, wenn er hier ist.«

»Gut, danke.« Nathalie lächelte die beiden Juroren an, dann folgte sie dem beschriebenen Weg und näherte sich der Tür zur Garderobe. Auf einmal hörte sie Stimmen, die aus dem Raum kommen mussten, in dem sich Mayfield aufhalten sollte.

»… alles weg, absolut alles«, brüllte ein Mann. Auch wenn die Tür die Lautstärke wohl dämpfte, klang es nach einer lauten, aufgebrachten Stimme. »Und das ist nur Ihre Schuld!«

»Mich trifft keine Schuld«, erwiderte ein anderer Mann. »Ich habe Sie und alle anderen auf die Risiken aufmerksam gemacht. Sie wussten, dass so etwas immer mit Gefahren verbunden ist.«

»Sie haben …«, mischte sich eine Frauenstimme ein.

»Ich habe gar nichts«, fiel die zweite Männerstimme ihr ins Wort. »Jeder von Ihnen ist alt genug, um einen Warnhinweis lesen und verstehen zu können!«

Nathalie wollte eigentlich kehrtmachen, weil sie das Gefühl hatte, im falschen Moment hergekommen zu sein. Aber bis zur Eröffnung der Ausstellung blieb nicht mehr viel Zeit, also klopfte sie und rief: »Mr. Mayfield? Ich bin's, Nathalie Ames.«

In der Garderobe kehrte Ruhe ein, dann waren Schritte zu hören, und die Tür wurde geöffnet.

»Sie sind Miss Ames?«, fragte ein dunkelhaariger Endfünfziger mit einem Schnäuzer, wie er in den Sechzigern oder Siebzigern modern war. Nathalie kam sofort der Schauspieler Peter Wyngarde in Erinnerung, auch wenn der lange vor ihrer Zeit seine größten Erfolge im Fernsehen gefeiert hatte. Es war die Art von Schnauzbart, die sie aus unerfindlichen Gründen für einfach nur furchtbar hielt.

»Mayfield«, sagte er. »Mason Mayfield.«

Sie setzte ein Lächeln auf und begrüßte den Mann, dessen Händedruck sich anfühlte, als würde man einen kalten, nassen Waschlappen umfassen. Der Mann war zu gebräunt, Hemdkragen und Manschetten waren zu gestärkt und die Revers seines Jacketts viel zu breit, um halbwegs modern zu sein.

Um den Hals trug er zu viele und zu protzige Goldketten. Der ganze Mann wirkte wie eine Inszenierung oder eine Parodie.

Ehe sie noch etwas sagen konnte, drehte er sich so zur Seite, dass Nathalie eine bunt zusammengewürfelte Truppe aus Jung und Alt, aus Frauen und Männern sehen konnte, von denen einige standen, während andere am Schminktisch Platz genommen hatten. Alle schauten sie aufgebracht drein, ganz so wie es zu den lautstarken Worten passte, die eben noch den Raum erfüllt hatten.

»Okay, Leute, die Szene war jetzt schon besser«, sagte Mayfield ein wenig mürrisch. »Aber Steve muss so gespielt werden, wie ich das eben gezeigt habe. Steve ist kein Schurke, der boshaft lachend durch die Gegend läuft, sondern ein Mann, der einfach nur von der Richtigkeit seiner Handlungen und Entscheidungen überzeugt ist. Mike, Sie müssen unbedingt noch feilen, sonst zerreißen die Kritiker Sie schon während der Generalprobe in der Luft!«

Wen von den Leuten er angesprochen hatte, konnte Nathalie nicht sagen, da sie nicht alle Reaktionen sah. Mayfield selbst wartete nicht ab, bis Mike sich dazu äußerte, sondern sagte: »Ich bin in einer Viertelstunde wieder hier. Dann fangen wir noch mal mit dieser Szene an.«

Mit einer Kopfbewegung deutete er in die Richtung, in die Nathalie gehen sollte, dann fügte er noch hinzu: »Diese Schauspieler können einem noch den letzten Nerv rauben. In drei Tagen geht es in Leeds los, und der liebe Mike will seiner Figur immer noch eine Vorgeschichte andichten, die niemanden interessiert. Ich meine, wenn in der Geschichte kein Wort darüber verloren wird, ob sein Vater ihn geschlagen hat oder vielleicht doch seine Mutter, dann muss ich nicht stundenlang darüber diskutieren, sondern ich sollte lieber meinen Text auswendig lernen.«

Nathalie überlegte, was sie darauf erwidern sollte, hatte sie doch vom üblichen Gebaren eines Schauspielers keine Ahnung. Somit konnte sie auch nicht beurteilen, ob dieser Mike es nun übertrieb oder nicht.«Na ja, auf jeden Fall ist schön, Sie kennenzulernen, Miss Ames«, fuhr Mayfield fort und ging mit ihr zügig in Richtung Bühne. »Ich bin der Veranstalter dieser Show, das da draußen ist mein Baby.«

Sogar seine Art zu reden klang nach gestern oder vielmehr nach vorvorgestern.

»Ich habe noch keine Zeit gefunden, mich ausführlicher mit Ihnen zu unterhalten«, redete er weiter, als sie auf die Bühne kamen. »Aber wenn das hier vorbei ist, würde ich Sie gern zum Abendessen einladen. Was sagen Sie dazu?«

»Tja, das werden wir wohl um ein paar Tage verschieben müssen«, entgegnete Nathalie mit einem aufgesetzten und trotzdem überzeugend bedauernden Lächeln, während sie den Kittel anzog, der nicht nur zu dick und zu schwer, sondern auch noch so unvorteilhaft geschnitten war, dass sie sich in dem knallgrünen Ding einfach nur albern vorkam. Dabei war es egal, ob sie den Kittel auf- oder zugeknöpft trug, er war unglaublich starr. »Das Black Feather wartet im Grunde jetzt schon auf mich, und sobald meine Arbeit hier getan ist, muss ich mich erst einmal um mein Lokal kümmern.«

»Dann aber morgen Abend«, beharrte er. »Am Montag habe ich Earlsraven längst wieder verlassen und widme mich dem nächsten Projekt.«

»Na, wir werden sehen, was sich machen lässt.«

Er lächelte sie an, nicht ein einziger strahlend weißer Zahn war echt. »Das klingt schon besser. Okay, dann kurz zum Ablauf. Bevor die Türen für die Besucher aufgehen, fällt der Vorhang, und ich werde die Teilnehmer begrüßen, so wie ich das jedes Jahr mache. Dann stelle ich Sie vor, und Sie kommen ans Mikro und reden ein paar Worte – wer Sie sind, warum Sie hier sind und warum Sie schon immer bei einer Hundeausstellung Jurorin sein wollten.« Er sah sie abwartend an. »Alles klar bis dahin?«

»Ja, ja, schon klar«, sagte sie und kratzte sich verlegen am Kopf. »Auch wenn ich mir ein wenig überrumpelt vorkomme. Ich hatte noch nie den Wunsch, Jurorin zu sein. Ich weiß gar nicht, was ich da sagen soll.«

Mayfield winkte ab. »Halb so schlimm. Erzählen Sie den Leuten, dass es für Sie eine große Ehre ist, und wünschen Sie ihnen einen fairen Wettkampf. Okay?«

Bis zu diesem Moment hatte Nathalie nicht gewusst, wie sie das Problem zur Sprache bringen sollte, auf das sie bei dem armen, ruhiggestellten Rauhaardackel Papillon gestoßen war. »Was den fairen Wettkampf angeht … da gibt es ein Problem.«

Trotz der intensiven Bräune war Mayfield anzusehen, dass er rot anlief. Aus dem Augenwinkel bekam sie mit, dass ihre beiden Mitjuroren erschrocken dreinschauten und den Kopf schüttelten, als wollten sie Nathalie am Weiterreden hindern.

»Was für ein Problem?«, fragte Mayfield seltsam abgehackt. Wieso regte der Mann sich so auf, wenn sie ihn auf einen Missstand hinwies? Sie hatte ja noch nicht einmal angefangen.

»Das Problem, dass ein Ehepaar da unten offenbar einen schwunghaften Handel mit dem verbotenen Medikament *EazyDreem* betreibt und gleich mehrere Hunde mit diesem Mittel praktisch unter Drogen gesetzt werden, was eindeutig Tierquälerei ist«, antwortete sie weiterhin in einem ruhigen Tonfall.

»Fangen Sie jetzt auch noch damit an?«, herrschte Mayfield sie an.

»Wieso auch?«, gab sie verdutzt zurück. Etwas bewegte sich rechts von ihr, aber sie konnte nicht feststellen, was es war, weil sie den Blick nicht von Mayfield abwenden wollte. Der starrte sie auf eine Weise an, als wollte er sie in die Knie zwingen, und genau das wäre im übertragenen Sinn auch passiert, wenn sie irgendwo anders hingesehen hätte.

»Letztes Jahr hatte Ihre reizende Tante auch schon damit angefangen und Max und Tammy beschuldigt, sie würden ihrem Köter ganz entsetzliche Medikamente geben und die sogar auch heimlich an andere Teilnehmer weiterverkaufen! So was lasse ich nicht auf Ausstellungsteilnehmern sitzen, die mir seit Jahren die Treue halten«, redete er energisch auf sie ein. »Ich weiß nicht, Miss Ames, wer Ihnen diesen Floh ins Ohr gesetzt hat, aber Sie werden diesen Unsinn nicht auch noch unters Volk bringen.«

Nathalie hielt warnend einen Finger hoch. »Die beiden –Tammy und Max – haben es mir vorhin persönlich angeboten, damit mein hyperaktiver, zum Glück nur erfundener Yorkshireterrier endlich mal zur Ruhe kommt!«

»Miststück!«, hörte sie von rechts jemanden rufen. Als sie zur Seite sah, wurde ihr klar, welche Bewegung sie eben wahrgenommen hatte. Der Vorhang! Er war aufgezogen worden, während Mayfield auf sie eingeredet hatte, nur hatte das keiner von ihnen bemerkt.

Jetzt standen sie auf der leicht erhöhten Bühne und wurden von allen Leuten im Saal angestarrt, von den Teilnehmern genauso wie von den Helfern. Tammy war diejenige, von der die Beleidigung gekommen war, was zumindest aus Sicht dieser Frau eine verständliche Reaktion war. Sie und ihr Mann waren im Begriff, ihre Sachen zusammenzupacken, um den Saal zu verlassen, bevor jemand auf die Idee kommen konnte, sie aufzuhalten. Leider hatten sie sich verkalkuliert.

»Darf ich Ihnen behilflich sein?«, fragte nur Augenblicke später Constable Strutner, der sich ihnen unbemerkt genähert hatte. Dadurch gelang es ihm, der völlig überrumpelten Tammy die Materialtasche aus der Hand zu nehmen, die sie ihm genau genommen sogar hinhielt. Er winkte zwei Helfer zu sich – eine davon war Louise –, damit sie ihm halfen, den unverändert teilnahmslosen Hund in eine Transportbox zu setzen, ohne dass er Frauchen und Herrchen aus den Augen lassen musste.

Nathalie staunte, als sie beobachtete, wie souverän der Dorfpolizist soeben eingeschritten war. Von seiner liebenswerten Trotteligkeit, die ihre Tante so an ihm gemocht hatte, war, zumindest im Moment, nichts übrig geblieben. Sie begann sich zu fragen, ob er wirklich so begriffsstutzig war, wie er sich in manchen Situationen gab, oder ob er vielleicht damals nur schnell gemerkt hatte, dass Henrietta ihm einiges an Arbeit ersparen würde, wenn sie für ihn recherchierte. Insgeheim musste Nathalie schmunzeln, wenn sie sich vorstellte, dass da jemand womöglich noch pfiffiger als ihre Tante gewesen war.

»Ihre Tasche ist genauso beschlagnahmt wie Ihr Hund«, verkündete Strutner gerade. »Ihre Personalien habe ich, ich werde mich mit Ihnen in Verbindung setzen, sobald erste Untersuchungsergebnisse vorliegen.«

»Sie beschlagnahmen unseren Papillon?«, empörte sich Tammy. »Was fällt Ih…?«

Weiter kam sie nicht, da ihr in diesem Moment ein Entsetzensschrei das Wort abschnitt. Dann hörte Nathalie einen Mann entsetzt brüllen: »Meine Pudel! Meine Pudel … sie … sind … blau!«

Fünftes Kapitel, in dem Worte gesprochen werden, die besser nicht gesprochen worden wären

»Die Pudel sind tatsächlich blau«, murmelte Louise, als sie alle ein paar Minuten später um den Tisch von Sir Theodore versammelt standen und die Tiere anstarrten. »Königsblau«, fügte sie hinzu. »Königsblaue Königspudel.«

Nathalie wollte ihren Augen nicht trauen. »Ich habe eben noch gesehen, dass diese Tiere ein schneeweißes Fell hatten«, beharrte sie. »Sir Theodore stand bei ihnen und hatte noch Korrekturen an den geschorenen Stellen vorgenommen. Das war vor zehn oder fünfzehn Minuten. Da war der Saal bereits voll.«

»Außerdem habe ich die ganze Zeit über meine drei Goldstücke nicht aus den Augen gelassen!«, erklärte der aufgebrachte Sir Theodore. »Selbst wenn es jemand mit einer Sprühdose bis zu meinem Tisch geschafft hätte, wäre er nicht in der Lage gewesen, mehr als einen Farbstrich auf höchstens einem meiner Tiere zu hinterlassen!« Er ballte die Fäuste und schnaubte vor Wut, dann drehte er sich um und richtete anklagend den Finger auf jemanden, der irgendwo hinter Nathalie stehen musste.

Als sie einen flüchtigen Blick über ihre Schulter warf, konnte sie nur ein bekanntes Gesicht entdecken, und selbst das war ihr erst seit zehn Minuten vertraut. »Das war Ihr Werk, Mr. Mayfield! Sie sind es doch leid, dass meine Hunde Jahr für Jahr die ersten drei Plätze belegen! Letztes Jahr wollten Sie mir Geld geben, damit ich gar nicht erst teilnehme, und als ich nicht darauf eingegangen bin, da sagten Sie zu mir – und das habe ich noch Wort für Wort im Ohr: *Sie werden sich noch wünschen, Sie wären auf mein Angebot eingegangen.* Tja, Mr. Mayfield, dann weiß ich ja jetzt, wie Sie das gemeint haben!« Er kam auf Mayfield zu: »Sie werden von meinem Anwalt hören, der wird Ihnen das Fell über die Ohren ziehen! Sie werden sich noch wünschen, sich diese alberne Aktion niemals ausgedacht zu haben!«

Mayfield machte eine völlig unbeeindruckte Miene und erwiderte nur: »Dann wird es dieses Jahr ja wohl endlich mal drei neue Preisträger geben. Ich nehme ja nicht an, dass Sie mit diesem ... Kuriositätenkabinett noch antreten werden.«

»Das nehmen Sie richtig an«, bestätigte Sir Theodore. »Ich brauche Ihre Hundeausstellung nicht. Aber Sie, Sie brauchen Leute wie mich, die mit ihren Hunden herkommen wollen. Und nachdem die anderen ja jetzt wissen, wie Sie mich hier rausmanövriert haben, werden die im nächsten Jahr vielleicht gar nicht so versessen darauf sein, wieder herzukommen. Tja, und wenn sich dann auch noch herumspricht, dass Sie beide Augen zumachen, obwohl dieses Teufelszeug *EazyDreem* auf Ihrer Ausstellung die Runde macht, weiß ich nicht, ob hier in Zukunft noch alles so gut besucht sein wird, wie Sie es gewohnt sind.«

»Sie können mir nicht drohen«, meinte Mayfield gelassen, doch Nathalie nahm ihm die Coolness nicht ab.

Es kam ihr vor, als hätte der Veranstalter in dem Moment eine Maske aufgesetzt, als ihm auf der Bühne aufgefallen war, dass der ganze Saal seine Äußerungen hatte hören können. »Niemand außer mir veranstaltet hier solche Ausstellungen. Wohin wollen Sie mit Ihren Pudeln denn gehen, falls die bis nächstes Jahr überhaupt wieder weiß sind?«

»Vielleicht wird ja das hier einen Skandal auslösen, der Sie zwingt, sich aus der Branche zurückzuziehen«, gab Sir Theodore zu bedenken, während er seine Sachen einpackte und einen Stuhl an den Tisch schob, damit die drei Pudel herunterspringen konnten.

»Aus der Branche zurückziehen? Nur über meine Leiche!«, meinte Mayfield und lachte unbekümmert auf.

»Dann sollten Sie aber gut darauf achten, dass sich Ihre Worte nicht bewahrheiten«, warnte Sir Theodore und lief mit den Pudeln zum Hinterausgang.

Nachdem die Tür hinter ihm und den Tieren zugefallen war, herrschte im Saal betretenes Schweigen. Der einzige Lärm kam von draußen, weil die Menge vor den Eingangstüren unruhig wurde. Nathalie warf einen Blick auf ihre Uhr. Bereits Viertel nach neun. Die Besucher wurden unruhig.

»Mr. Mayfield, wir müssen die Leute hereinlassen«, meldete sich Arthur Heywood plötzlich zu Wort. »Einlass ist um neun.«

»Ja, ich weiß, aber ich brauche hier noch fünf Minuten. Sagen Sie ihnen, dass die Klimaanlage noch nicht richtig läuft und die Sicherheitsvorschriften bestimmen, dass wir vorläufig keine weiteren Personen hereinlassen können. Wir … wir müssen hier erst mal alles zum Laufen bringen.« Er sah Nathalie missmutig an, dann wandte er sich an Strutner. »Constable, tun Sie Ihre Pflicht, was Max und Tammy angeht.«

»Aber unser Hund«, protestierte die Frau in einem fast weinerlichen Tonfall, der einfach nur aufgesetzt klang.

»Ich habe Ihnen doch bereits erklärt, dass Ihr Hund von einem Tierarzt untersucht werden muss«, beharrte der Constable. »Danach wird entschieden, was aus ihm wird … und was aus *Ihnen* wird. Sie werden von mir hören.«

Wieder wunderte sich Nathalie über Strutners rigoroses Verhalten. Was hatte den Mann so energisch werden lassen? Sie warf Louise einen fragenden Blick zu, aber die zuckte nur ahnungslos mit den Schultern, wobei nicht klar war, ob sie damit sagen wollte, dass sie auch keine Erklärung dafür hatte, oder ob sie nicht mal wusste, was Nathalie eigentlich meinte.

Als Max und Tammy ohne Hund und ohne Utensilien wortlos den Saal verlassen hatten, drehte sich Mayfield zu Nathalie um. »Wenn ich durch Ihre Showeinlage da oben auf der Bühne Verluste machen sollte, werde ich mir das Geld von Ihnen zurückholen«, raunte er ihr zu.

Nathalie schüttelte unbeeindruckt den Kopf. »Sie wissen, dass man sich strafbar macht, wenn man einem Tier dieses Medikament verabreicht«, gab sie genauso leise zurück. »Ich sage Ihnen, was ich machen werde. Ich werde den Ablauf Ihrer Veranstaltung nicht stören, aber ich werde jedem Hund, der meiner Meinung nach unter diese Droge gesetzt worden ist, null Punkte geben, um sicherzustellen, dass keiner von diesen Besitzern gewinnen kann. Und ich werde mir die Namen der betreffenden Teilnehmer notieren und diese Liste noch während der Veranstaltung dem Constable übergeben, damit der sofort die Anzeigen in die Wege leiten und die Halter in Empfang nehmen kann, wenn heute Abend alle mit ihren Tieren das Haus hier verlassen und zu ihren Wagen spazieren.«

»Es geht hier um ein paar Köter, die mal für ein paar Stunden zu kläffen aufhören sollen«, konterte er. »Da werden Sie wohl Ihrem Gewissen sagen können, dass es Sie mit solchen Bedenken verschonen soll.«

»Nein, Mr. Mayfield, es geht um Tiere, die unter Drogen gesetzt werden, ohne zu wissen, wie ihnen geschieht – und ohne dass einer von uns sagen kann, wie die Tiere selbst diesen Zustand wahrnehmen. Wenn ich …«

»Wen kümmert das?«, fiel Mayfield ihr zischend ins Wort, immer darauf bedacht, dass niemand sonst etwas von dieser Unterhaltung mitbekam. »Das sind bloß … Hunde!«

»Dass es Sie nicht kümmert, ist mir jetzt klar«, sagte sie, »und ich muss sagen, ich bin von Ihrer Einstellung entsetzt. Aber es kümmert mich, und deshalb werde ich das nicht mitmachen. Entweder Sie lassen mich so vorgehen, wie ich es Ihnen gerade eben erklärt habe, oder ich werde Constable Strutner bitten, mich von Teilnehmer zu Teilnehmer zu begleiten, um die betreffenden Damen und Herren sofort anzuzeigen und die Hunde direkt sicherzustellen. Dann wird es hier ziemlich leer werden, vermute ich. Und für die drei Journalisten da drüben wird es ein gefundenes Fressen sein, über einen Skandal zu berichten, der hier in Earlsraven und Umgebung ja eher selten vorkommt.« Sie zuckte beiläufig mit den Schultern. »Sie haben die Wahl, Mr. Mayfield.«

»Und ich hatte gedacht, es wäre eine gute Idee gewesen, endlich mal ein junges Jurymitglied mit an Bord zu holen«, murmelte er. »Aber stattdessen bekomme ich eine Mutter Teresa vorgesetzt, die sich für noch wichtiger hält als ihre Tante.«

»Ich nehme an, das soll heißen, dass Sie mit meinem ersten Vorschlag einverstanden sind«, sagte Nathalie und war sich sicher, dass Tante Henrietta jetzt aus dem Himmel zu ihr hinuntersah und begeistert applaudierte. »Richtig?«

Mayfields Blick hätte nicht abweisender und kälter sein können, als er nickte und ihr zuflüsterte: »Ja, damit bin ich voll und ganz einverstanden.« Seine Stimme klang sehr angestrengt, als würde es ihn große Mühe kosten, die paar Worte zu sprechen.

Nathalie nickte zufrieden. »Tja, dann sollten wir uns jetzt aber ein wenig beeilen, immerhin halten es die Leute da draußen ja kaum noch aus, dass endlich die Türen aufgemacht werden.«

Als Nathalie am Sonntagmorgen auf der Terrasse ihres Cafés saß und ein Glas frisch gepressten Orangensaft trank, um im Schatten der dicht an dicht stehenden Sonnenschirme die noch kühle Morgenluft zu genießen, hatte sie das Gefühl, dass ihre Ohren immer noch brummten. Es war inzwischen deutlich schwächer als am Abend zuvor, aber es handelte sich eindeutig um eine Nachwirkung der Geräuschkulisse in der Gemeindehalle. Die vielen Menschen, die unablässig redeten und sich nach und nach gegenseitig hochschaukelten, waren so gar nicht nach Nathalies Geschmack gewesen, aber wirklich leidgetan hatten ihr die Hunde, die sich dem Ganzen nicht einfach entziehen konnten. Die Teilnehmer und Besucher hätten wenigstens frische Luft schnappen gehen und eine Runde um den Block drehen können.

Zumindest hatte sie kaum an Glenn gedacht. Dafür war einfach keine Zeit gewesen.

»Ah, Sie haben es ja doch noch lebend überstanden«, hörte sie Louise rufen, die mit einem Kaffeebecher in der Hand aus dem Café und auf die Terrasse geschlendert kam, auf der gut ein halbes Dutzend Tische bereits mit

Besuchern besetzt war. Das Frühstücksbuffet des Black Feather hatte sich unter der Leitung ihrer Tante einen guten Namen machen können, weshalb Nathalie daran auch nichts verändern wollte. Der kleine Fragebogen, den sie den Cafégästen mitgegeben hatte, damit die Auskunft darüber gaben, was genau ihnen am Buffet besonders gut gefiel, war ebenfalls hervorragend aufgenommen worden. Das hing sicher auch damit zusammen, dass sie unter allen Teilnehmern drei Frühstücksbuffets für je vier Personen verlost hatte. Die Antworten waren so unterschiedlich und zum Teil so vage ausgefallen, dass sie keinen Deut schlauer gewesen war als zuvor und alles so belassen hatte, wie es schon zu Zeiten ihrer Tante war. Dank des Preisausschreibens war sie aber auch an die Adressen der Teilnehmer gelangt, von denen gut neunzig Prozent in Earlsraven lebten. Es war schon erstaunlich, dass so viele ihrer Nachbarn zum Frühstücken herkamen. Besaßen sie doch alle ein eigenes Haus mit großer Küche und noch größerer Terrasse, auf der sie Kaffee, Brötchen und Co. genauso gut hätten genießen können.

Aber sie alle gingen trotzdem ins Black Feather, weil nicht jeder für sich daheim am Tisch sitzen, sondern die Nachbarn aus der übernächsten Straße oder vom anderen Ende des Dorfes treffen und sich mit ihnen unterhalten wollte.

Nathalie konnte das nur recht sein, es brachte Gäste ins Lokal und damit Geld in die Kasse. Sollte sich irgendwann ein Nachlassen der Besucherzahlen bemerkbar machen, konnte sie immer noch nachforschen und gegensteuern. Immerhin hatte sie jahrelang von morgens bis abends als Statistikerin mit Zahlen gearbeitet und die Chefetage auf diese Weise früh auf mögliche Entwicklungen hingewiesen, sodass umgehend Gegenmaßnahmen eingeleitet werden konnten.

»Ja, Louise, ich habe es tatsächlich überlebt«, bestätigte sie und lächelte schwach, während Louise sich zu ihr setzte. »Würde Mayfield allerdings die Fähigkeit besitzen, mit Blicken zu töten, dann könnten wir diese Unterhaltung jetzt nicht mehr führen. Spätestens als die Rosewoods laut protestierend den Saal verlassen haben, weil sie von mir keinen Punkt bekommen hatten, hätte mich Mayfield mit seinem Blick vernichten können.«

»Dabei sollte er seine Augen lieber dafür benutzen, sich diese ruhiggestellten Hunde näher anzusehen«, erwiderte Louise. »Diese Leute sollten sich schämen, und er sich erst recht! Aber ihm geht es ja nur ums Geld und um sein Saubermann-Image. Wissen Sie, ich dachte wirklich, Mayfield würde Ihnen vor allen Leuten den Hals umdrehen, als diese Journalistin Sie auf die blauen Pudel und auf das Pärchen ansprach, dem unser Constable den Hund weggenommen hatte. Ich war schon drauf und dran, dazwischenzugehen.«

»Danke, Louise, das höre ich gern. Aber ich glaube, letztlich hatte sich Mayfield genug unter Kontrolle. Wenn er mal in eine Situation kommt, in der er mit dem Rücken zur Wand steht, wird er es wahrscheinlich immer so machen wie gestern bei Sir Theodore. Er wird sagen: *Ich habe es doch gar nicht nötig, mich mit Ihnen abzugeben.* Und dann lässt er sein Gegenüber im Regen stehen. Wenn ihn heute ein Reporter anruft, der mit ihm über den kleinen Skandal von gestern reden will, wird er bestimmt sagen, dass das alles nur meine Hirngespinste waren oder dass ein Konkurrent mich auf ihn gehetzt hat, um seine Veranstaltung zu sabotieren und seinen Ruf zu ruinieren.«

Louise nickte nachdenklich. »Ist schon eigenartig, wie es manchen Leuten gelingt, sich immer herauszureden und alles von sich abprallen zu lassen.«

Nathalie nickte bestätigend und trank ihr Glas leer, gerade als Miss Beresford mit einem leeren Teller an ihrem Tisch vorbeikam, um sich noch mal am Buffet zu bedienen.

»Möchten Sie noch ein Glas Saft haben, Miss Ames?«, fragte die ältere Frau.

»Miss Beresford«, entgegnete Nathalie grinsend und zwinkerte ihr zu. »Ich kann mich gar nicht daran erinnern, dass ich Sie als Bedienung eingestellt habe.«

Miss Beresford lachte und nahm ihr das Glas ab. »Das haben Sie sich verdient, weil Sie gestern dafür gesorgt haben, dass diesem widerlichen Pärchen der Hund weggenommen wird. Wer seinem Tier so etwas antut, nur um irgendeine Trophäe abzustauben, soll meinetwegen in der Hölle schmoren!«, sagte die alte Dame entrüstet und fügte dann freundlich lächelnd an: »Noch mal Orangensaft?«

»Ähm … ja, gern, Miss Beresford«, stammelte Nathalie vor sich hin und konnte nur verdutzt dreinschauen, wie die ältere Frau mit ihrem Glas in Richtung Café weiterging. Sie sah Louise an. »Und ich hatte schon befürchtet, dass man mich heute Morgen steinigen würde, weil ich als die Neue eine lieb gewonnene Tradition an den Rand eines kompletten Desasters gebracht habe.«

Louise legte besänftigend eine Hand auf ihre. »Wissen Sie, die meisten Menschen, die hier und anderswo auf dem Land leben, sind ziemlich naturverbunden, und sie mögen es nicht, wenn die Natur respektlos behandelt wird. Dafür mögen sie umso mehr, wenn jemand sieht, dass genau das geschieht, und er den Mund aufmacht, um den Missstand anzuprangern. Sie haben also genau das Richtige getan.«

Ein oder zwei Minuten lang saßen sie beide schweigend da und genossen die leichte Brise, die etwas von der Wärme vertrieb, für die die Sonne schon jetzt am Vormittag sorgte.

»Mayfield hat gestern etwas gesagt, das mich ins Grübeln gebracht hat«, sagte Nathalie, nachdem Miss Beresford mit einem gut beladenen Teller und dem Glas Orangensaft auf dem Rückweg zu ihrem Tisch vorbeigekommen war. Louise hatte ihr das Glas abgenommen und es Nathalie hingestellt.

»Und was hat er gesagt?«

»Sinngemäß. Er sagte, dass er nicht glauben könne, dass ich jetzt auch noch damit anfangen würde«, erklärte sie. »Er sprach davon, dass meine Tante ihn letztes Jahr auch schon auf die beiden aufmerksam gemacht hatte. Ich habe mich gefragt, ob das der Grund war, wieso sie mir ihren Platz in der Jury vermacht hatte. Wollte sie die Gewissheit haben, dass jemand an ihrer Stelle die Augen offen hielt, wenn sie mal nicht mehr da sein würde?«

Louise kniff leicht die Augen zusammen und durchforstete ihre Erinnerungen. »Ich kann mich erinnern: Henrietta hatte mal davon gesprochen, dass bei der Hundeshow irgendwas nicht mit rechten Dingen zuging, aber das war mehr so ein Gefühl gewesen. Sonst hätte sie mir Näheres gesagt, und wir hätten recherchieren können. Sie kann geahnt haben, dass die beiden da irgendwelche krummen Dinger drehen, aber das muss alles sehr vage gewesen sein. Sonst hätte sie Mayfield ja auch einen entsprechenden Beweis geliefert.«

»Denken Sie, sie hat mir deswegen den Platz vererbt?«, hakte Nathalie nach.

»Es würde jedenfalls zu Henrietta passen«, stimmte Louise ihr lächelnd zu. »Vielleicht wollte sie auch nur erreichen, dass Sie stärker in die Dorfgemeinschaft integriert werden, aber es ist eigentlich eher anzunehmen, dass Sie aus beiden Gründen ihre Nachfolge antreten sollten. Wir können uns ja mal bei Gelegenheit in den Unterlagen Ihrer Tante umsehen, ob sie womöglich etwas notiert hat, was uns weiterhelfen könnte.«

Nathalie betrachtete nachdenklich das Glas Orangensaft, das sie in ihrer Hand balancierte. »Was halten Sie eigentlich von Sir Theodores Anschuldigungen? Dass Mayfield ihn loswerden wollte, meine ich. Denken Sie, Sir Theodore weiß irgendetwas, und Mayfield wollte ihn aus dem Spiel haben?«

Sofort schüttelte Louise den Kopf. »Nein, dann hätte ihn Mayfield sicher nicht aus dem Wettbewerb drängen wollen. Das hätte ja genau den gegenteiligen Effekt zur Folge gehabt, weil Sir Theodore dann erst recht mit seinem Wissen an die Öffentlichkeit gegangen wäre. Nein, ich glaube, das ist hier das Gleiche wie in den meisten anderen Wettbewerben und Sportarten. Zuerst wird ein Sieger gefeiert, alle drücken ihm die Daumen, dass er seinen Titel verteidigen kann. Aber irgendwann schlägt die Stimmung um, entweder weil sich der Star durch überhebliche Bemerkungen oder Affären oder Drogengeschichten unbeliebt macht oder ganz einfach, weil der nächste Sieg ohnehin schon entschieden ist, bevor der Wettkampf begonnen hat. Dann wird es langweilig, und die Leute hoffen darauf, dass der Star endlich mal strauchelt und andere auch eine Chance bekommen.«

»Ja, stimmt eigentlich, wenn ich so darüber nachdenke«, pflichtete Nathalie ihrer Köchin bei. »Bei so etwas wie einer Hundeausstellung spielt sich das natürlich in einem viel kleineren Rahmen ab«, fügte Louise hinzu. »Aber wenn Sie einen wunderschönen Hund haben und nehmen an einem Wettkampf teil, bei dem Sie bereits bei der Anmeldung wissen, dass die ersten drei Plätze so oder so an drei weiße Königspudel gehen, die schon seit Jahren gewinnen, dann kann keine echte Begeisterung aufkommen. Wer will schon bei einem Wettbewerb mitmachen, bei dem er unmöglich gewinnen kann, auch wenn er sich noch so anstrengt?«

»Dann ist Mayfield eigentlich nur einer von vielen Verdächtigen«, gab Nathalie zu bedenken. »Dass Mayfield ihn loswerden will, ist zwar plausibel, aber jeder andere Teilnehmer hätte auch ein Interesse daran, diese starke Konkurrenz aus dem Weg zu räumen. Und bei einem Saal voll mit Leuten, denen Sir Theodore ein Dorn im Auge war, wird es doch bestimmt einem von ihnen möglich gewesen sein, die Pudel blau zu färben – auch wenn ich mir nicht erklären kann, wie das überhaupt abgelaufen ist.«

Louise schob die leere Tasse weg und lehnte sich auf ihrem Stuhl nach hinten. »Ich habe mir auch wegen gestern den Kopf zerbrochen, aber mir will nur eines einfallen. Kennen Sie Zaubertinte?«

»Zaubertinte?«

»Ja, also ich kenne das noch aus meiner Schulzeit. Eine chemisch behandelte Tinte, die beim Schreiben unsichtbar ist, weshalb man meint, das Blatt sei unbeschrieben. Und wenn man mit einem anderen Stift darübermalt, wird die Tinte sichtbar. Eigentlich nur ein Spaß für Kinder, aber die schreiben ja heute kaum noch was, sondern tippen auf ihren Tablets oder Smartphones rum. Die können damit nichts mehr anfangen.«

»Hm«, machte Nathalie. »Interessante Idee. Dann müsste jemand die Tiere schon vorher mit einem Mittel besprüht haben, das wie diese unsichtbare Tinte funktioniert. Und irgendwann ist er hingegangen und hat das andere Mittel aufgesprüht, das die Tinte sichtbar macht.« Sie verzog den Mund. »Klingt nach einem ziemlich komplizierten Plan, weil ja gewährleistet sein muss, dass Sir Theodore gleich zweimal nicht aufpasst.«

»Sie machen sich mit dem Plan zu viel Arbeit, Nathalie. Sir Theodore kann beides selbst erledigt haben.«

»Er selbst? Warum sollte er seine Pudel absichtlich blau färben?«

»Nicht absichtlich«, stellte Louise klar. »Ich bin zwar keine Expertin für Hundefellpflege auf Ausstellungsniveau, aber ich gehe davon aus, dass man die diversen Mittelchen in einer bestimmten Reihenfolge aufträgt, damit sie richtig wirken, also so wie beim Friseur, wenn man sich die Haare färben und Strähnchen machen lässt. Da fängt auch niemand mit den Strähnchen an. Der Täter musste nur zwei Fläschchen austauschen, und dann ist Sir Theodore hingegangen, hat das eine Mittel aufgesprüht und eingerieben, und schließlich hat er auch die zweite Substanz aufgetragen, die die Farbe zum Vorschein bringen sollte. Vielleicht dauert es ein paar Minuten, bis das richtig wirkt, aber dann auf einmal macht es ›Plopp!‹, und die Pudel sind blau wie der strahlende Sommerhimmel.«

»Klingt überzeugend. Es wird sicher leichter sein, ein oder zwei Flaschen auf einem Tisch auszutauschen, als den Besitzer der Tiere zweimal abzulenken. Ich schätze, da wird jeder auf seine ganz speziellen Mittel schwören und immer zu den gleichen Sachen greifen«, überlegte Nathalie. »Wenn jemand im letzten Jahr ein paar Fotos von Sir Theodores Fellpflegeprodukten gemacht hat, konnte er sich in aller Ruhe überlegen, was er davon austauschen wollte. Und dieses Jahr kommt er gleich mit den richtigen Fläschchen an und tritt in Aktion, sobald Sir Theodore in die andere Richtung guckt, vielleicht sogar, weil er von einem Komplizen abgelenkt wird.«

Louise fuhr sich durch die kurzen Haare und nickte bestätigend. »Ganz genau. Na ja, solange niemand zu

Schaden gekommen ist, war das Ganze nicht mehr als ein dummer Streich. Sollte den Hunden aber durch die Farbe etwas passiert sein, dann ist das etwas anderes!«

»Das sehe ich genauso«, erklärte Nathalie entschlossen.

»Hallo, die Damen«, rief eine Männerstimme links von ihr.

»Sir Theodore«, erwiderte Nathalie überrascht, als sie sich umgedreht hatte. »Wie geht es Ihren Pudeln? Und Ihnen selbst?«

»Immer noch blau«, antwortete der ältere Mann, der durch eine Lücke in der Hecke auf die Terrasse kam und sein unfreiwillig verfärbtes Trio hinter sich herzog. »Die Pudel, meine ich. Ich bin natürlich nicht blau.«

»Setzen Sie sich doch«, bot Louise ihm an.

Sir Theodore nahm ihnen gegenüber Platz, die drei Königspudel setzten sich in einer Reihe zwischen ihm und Louise hin und schauten interessiert auf den Tisch, der aber außer der Tasse Kaffee und dem Glas Orangensaft nichts zu bieten hatte. Der Anblick der drei Hunde hatte etwas ungewollt Komisches an sich, was nicht mal mit dem königsblauen Fell zu tun hatte. Es lag einfach an der Art, wie sie dort saßen, als warteten sie darauf, bedient zu werden.

»Möchten Sie etwas trinken, Sir Theodore?«, fragte Nathalie.

»Höchstens ein Glas Wasser, ich will keine Umstände machen.«

»Megan«, rief sie der Bedienung zu, die ein Stück weiter damit beschäftigt war, das benutzte Geschirr einzusammeln und auf ein Tablett zu stellen. »Können Sie bitte ein Glas Wasser für Sir Theodore und einen Napf Wasser für seine Hunde bringen?«

»Bin gleich wieder da«, versprach sie, als sie mit dem vollen Tablett an Nathalies Tisch vorbeikam. »Och, sind

das die drei armen Babys, die auf der Ausstellung ange-
malt worden sind?« Sie beugte sich vor, aber alle drei
Pudel schauten nur flüchtig hinter sich und richteten
den Blick dann wieder fast synchron auf den Tisch.

»Ich bin gestern noch zur Tierklinik nach Croydon
gefahren, um die drei untersuchen zu lassen«, berichtete
Sir Theodore, dem nichts mehr von der Hektik anzusehen war, die Nathalie noch am Tag zuvor während der
Ausstellung bei ihm hatte beobachten können.

»Und?«, fragte Louise ehrlich besorgt nach.

»Die Farbe hat glücklicherweise nur die einzelnen
Haare umschlossen, und es ist weder auf noch unter der
Haut irgendetwas feststellbar. Also besteht keine Ge-
sundheitsgefahr für meine drei Goldstücke.«

»Na, das ist ja wenigstens eine gute Botschaft«, meinte Nathalie. »Und wie lange werden die drei so blau
bleiben?«

»Ich soll sie im gewohnten Rhythmus baden, die üblichen Shampoos nehmen und der Farbe etwas Zeit lassen, bis sie sich ablöst. Andere Mittel könnten sie zwar
schneller auswaschen, aber da die drei recht empfindli-
che Haut haben, wären Hautreizungen möglich, und das
will ich nach Möglichkeit vermeiden. Dann werden sie
halt noch eine Weile blau herumlaufen müssen.«

»Sie wirken sehr gefasst, Sir Theodore«, sagte Louise
und streichelte dem Pudel über den Kopf, der gleich neben ihrem Stuhl saß.

»Ich bin froh, dass dieser hinterhältige Anschlag so
harmlos ausgegangen ist«, erklärte er. »Mayfield hätte ja
auch auf die Idee kommen können, meine Hunde zu
vergiften, um mich endlich loszuwerden.«

»Wissen Sie denn sicher, ob …«

»Guten Morgen zusammen«, ertönte eine vertraute
Stimme.

»Constable Strutner«, sagte Nathalie und lächelte den Polizisten an. »Setzen Sie sich doch zu uns.«

Sir Theodore nickte ihm zu, Louise sagte: »Was führt dich denn an einem Sonntagmorgen her?«

»Die Arbeit«, antwortete er ernst. »Sir Theodore, ich muss Sie bitten, mitzukommen. Sie stehen unter dem dringenden Verdacht, Mason Mayfield ermordet zu haben.«

Sechstes Kapitel, in dem drei Königspudel in den Mittelpunkt des Geschehens rücken

»Mayfield ist tot?«, rief Sir Theodore verblüfft. »Das ist doch nicht Ihr Ernst, Constable!«

»Bedauerlicherweise ist es mein Ernst, Sir Theodore«, erwiderte er. »Mir wäre es lieber, wenn ich das nicht machen müsste, aber ich habe keine andere Wahl. Sie können kooperieren, und wir gehen einfach zu meinem Wagen, damit ich Sie zur Wache fahren kann. Wenn Sie nicht kooperieren, muss ich Ihnen Handschellen anlegen …«

»Glauben Sie ernsthaft, ich könnte vor Ihnen weglaufen?«, warf der schockiert dreinschauende Sir Theodore ein. »Wissen Sie, wie alt ich bin? Und wie *gut* zu Fuß?«

»Das sind meine Vorschriften, Sir Theodore, und an die muss ich mich halten.« Er sah den älteren Mann abwartend an. »Außerdem haben Sie ja die Möglichkeit zu kooperieren, und dann ist das alles kein Thema. Es wird sich nicht mal jemand etwas dabei denken, wenn Sie in meinen Wagen einsteigen und mit mir wegfahren. Es kommt immer wieder mal vor, dass ich eine Nachbarin hier abhole und nach Hause bringe, weil sie sich mit dem Spaziergang hierher zu viel zugemutet hat und die Kräfte für den Heimweg nicht reichen.«

Sir Theodore kratzte sich nachdenklich am Hals. »Aber ... aber wie kommen Sie eigentlich darauf, dass ich etwas mit Mayfields Tod zu tun haben soll? Hat irgendjemand behauptet, dass er mich dabei beobachtet hat? Falls ja, sollten Sie denjenigen noch vor mir festnehmen, weil das nämlich eine faustdicke Lüge ist.«

Der Constable atmete tief durch und schürzte die Lippen. Ihm war anzusehen, dass er diese Situation als äußerst unangenehm empfand und er am liebsten auf der Stelle kehrtgemacht hätte, um diesen Mann in Ruhe zu lassen. Aber da war immer noch sein Pflichtgefühl, das ihm sagte, dass es egal war, wie gut man einen anderen persönlich kannte. Private Verbindungen genügten nie als Argument, um sich jemandem gegenüber nachlässig zu verhalten. »Zu den Einzelheiten kann ich momentan noch nichts sagen, aber ein entscheidender Grund für diese Festnahme ist das, was ich Sie gestern zu Mayfield habe sagen hören. Das waren eindeutige Drohungen ...«

»Das war doch nur so dahingesagt, Constable!«, wandte Sir Theodore ein. »Ich wollte dem Kerl nur ein bisschen Angst machen.«

»Vielleicht aber wollten Sie ihm nicht nur ein bisschen Angst, sondern sehr viel Angst machen. Vielleicht wollten Sie ihn in Panik versetzen, und dann ist irgendetwas schiefgegangen.«

»Hör doch auf, Sir Theodore so einzuschüchtern!«, ging Louise plötzlich dazwischen. »Ronald, so kenne ich dich gar nicht.«

»Louise, bitte, ich tue nur meine Arbeit«, erklärte der behäbige Polizist.

»Die tust du nicht, indem du Sir Theodore etwas unterstellst. Als Polizist ist das nicht deine Aufgabe. Du hast seine Äußerungen gehört, du reagierst auf der Grundlage dieser Äußerungen, weil es einen Zusammenhang zwischen diesen Worten und dem Mord an Mr. Mayfair geben *könnte*. Das ist noch nachvollziehbar, aber alles Weitere ist pure Spekulation.«

»Das mag ja für dich nach Spekulation klingen, aber es ist nun mal so, dass Sir Theodore momentan der Hauptverdächtige und auch der einzige Verdächtige ist. Außerdem halte ich eine akute Fluchtgefahr für gegeben. Sir Theodore verfügt zweifellos über die Mittel, um sich ins Ausland abzusetzen und sich einer Mordanklage zu entziehen. Mag sein, dass du das anders siehst, Louise, aber du musst nachher auch nicht den Kopf hinhalten, wenn er tatsächlich der Mörder ist und längst irgendwo unter einer neuen Identität ein neues Leben führt«, sagte Strutner und klang dabei fast ein wenig trotzig, so, als hätte er eigentlich viel lieber recht behalten, obwohl er wusste, dass er mit seiner Ansicht falschlag. »Fakt ist, ich muss Sie mitnehmen, Sir Theodore. Und Fakt ist, dass Sie die Wahl haben, wie es ablaufen soll.«

Der ältere Mann winkte ab. »Wenn die Alternative darin besteht, dass ich wie ein Schwerverbrecher angekettet und dann wohl von einer Hundertschaft abgeholt werde, komme ich lieber freiwillig mit. Allerdings werde ich während der Fahrt meinen Anwalt anrufen, nur damit Sie vorgewarnt sind, Constable.«

»Kein Problem, Sir«, versicherte Strutner ihm. »Solange Sie keinen Widerstand leisten.«

Sir Theodore stand auf und sah nach links. »Kommt, Jungs«, sagte er zu den drei Pudeln, die prompt aufstanden.

»Nein, die Hunde bleiben hier«, sagte der Constable. »Ich werde nur Sie mitnehmen.«

»Ich lasse doch meine Hunde nicht allein!«, protestierte der Mann und wurde kreidebleich. »Sie können mir nicht meine Lieblinge wegnehmen!«

»Ich nehme Ihnen Ihre Hunde nicht weg, ich kann sie nur nicht mitnehmen«, stellte der Polizist klar.

»Aber was soll aus ihnen werden? Meine … meine Babys …« Der Mann schien völlig aufgelöst zu sein.

»Ich werde die Feuerwehr benachrichtigen, die schickt den Tiertransporter her, damit sie abgeholt werden.«

»Und der bringt sie dann zu mir?«, fragte der verunsicherte Mann und klang ein wenig beruhigter.

Der Constable schüttelte den Kopf. »Nein, die bringen sie dann ins Tierheim nach Eastman.«

»Nein! Nein, Constable! Wenn Sie meine Jungs ins Tierheim stecken wollen, dann werde ich so viel Widerstand leisten, wie ich nur kann!«, fauchte Sir Theodore ihn an wie eine Löwin, die ihren Nachwuchs notfalls mit ihrem Leben verteidigen würde. Seine Miene war die eines Mannes, der für seine Tiere alles tat. Sogar die drei Pudel zuckten zusammen. Sie hatten ihr Herrchen wohl noch nie in einem solchen Tonfall reden hören.

»Dann … ich … dann …«, stammelte Strutner, der mit dieser aufgebrachten Reaktion nicht gerechnet hatte und im Moment sichtlich Mühe zu haben schien, seine Autorität zurückzuerlangen.

»Wir können doch die drei blauen Kerlchen so lange hier beaufsichtigen, bis das Ganze sich aufgeklärt hat«, ging Nathalie dazwischen, die selbst nicht so genau wusste, wem sie eigentlich in diesem Augenblick beistand: dem Constable, damit der sich nicht in seiner akuten Hilflosigkeit von Sir Theodore überrennen ließ? Sir Theodore, damit der keine Dummheit beging? Oder den Pudeln, weil sie sie vor einem Aufenthalt im Tierheim von Eastman bewahren wollte? Nein, sie wusste keine Antwort darauf. Sie wusste nur, dass sie sich zu etwas bereit erklärt hatte, ohne auch nur ein paar Sekunden lang darüber nachgedacht zu haben, was mit ihrem Angebot überhaupt verbunden war.

»Das würden Sie machen?«, fragte der ältere Mann und sah Louise so voller Hoffnung an, dass sie nicht mal dann einen Rückzieher hätte machen können, wenn ihr bereits ein Dutzend Gründe eingefallen wären, die gegen ihren Vorschlag sprachen. Sie wusste, es würde dem alten Mann das Herz brechen, wenn seine Goldstücke im Käfig des Tiertransporters landeten und sie dann, Gott weiß, wie lange, auf engstem Raum darauf warten mussten, zu ihrem Herrchen zurückzukommen.

Gott weiß, wie lange, wiederholte die Stimme in ihrem Hinterstübchen beunruhigt. Ja, das war eines der Probleme – und wohl mit das größte. Was, wenn Sir Theodore tatsächlich der Mörder war und für Jahre im Gefängnis landete? Was sollte sie mit drei königsblauen Königspudeln?

Vielleicht irgendwo einen zweiten Pub eröffnen und ihn Three Blue Poodles nennen, schlug die Stimme in ihrem Kopf zynisch vor.

»Ja, natürlich, Sir Theodore«, hörte Nathalie sich antworten, aber es kam ihr so vor, als hätten Außerirdische ihren Geist übernommen und würden mit ihrer Stimme Dinge sagen, die sie selbst gar nicht sagen wollte.

»Sie können sich nicht vorstellen, wie viel mir das bedeutet, Miss Ames. Ich weiß nicht, wie ich das wiedergutmachen kann.«

»Rufen Sie erst mal Ihren Anwalt an«, erwiderte sie. »Alles andere ergibt schon noch. Alles Gute, Sir Theodore.«

»Von mir auch, Sir Theodore«, ergänzte eine ungläubig dreinschauende Louise.

Die drei Pudel sahen ihrem Herrchen hinterher, wie er an Strutners Seite zu dessen Wagen ging. Als sie eingestiegen und abgefahren waren, drehte sich Nathalie zu ihrer Köchin um. »Er war es nicht.«

»Natürlich war er es nicht«, stimmte die ihr zu. »Aber dieser Trottel von Constable will das nicht wahrhaben. Er kennt Sir Theodore seit Jahren, der Mann ist ein unbeschriebenes Blatt. Der hinterzieht nicht mal zehn Pfund Steuern. Wie soll er diesen Mayfield umgebracht haben? Der Mann ist – wie viel? – dreißig Jahre jünger als Sir Theodore, und der soll sich nicht gegen ihn gewehrt haben können? Das ist doch Idiotie! Strutner hätte sich ja den Namen auf einen Zettel schreiben und erst mal den Mund halten können, um in Ruhe zu ermitteln. Was ist nur in ihn gefahren?«

Nathalie seufzte leise. »Ich glaube, ich weiß, was in ihn gefahren ist. Ihm fehlt Tante Henrietta. Sie haben doch selbst gesagt, dass sie ihn quasi an die Hand genommen hat, nur ist diese Hand jetzt auf einmal nicht mehr da. Er hat niemanden mehr, der ihm sagt, was er machen soll und wie er es machen soll. Und vielleicht reicht Ihre liebevolle Strenge nicht aus, Louise? Gestern bei der Ausstellung dachte ich noch, dass er mir so … so kompetent erschien. Ich hatte mich ernsthaft gefragt, ob meine Tante ihn vielleicht falsch eingeschätzt hatte, aber das muss ich jetzt zurücknehmen.«

»Stimmt, gestern hatte er auf mich auch den Eindruck gemacht, dass er ganz genau wusste, was er tat«, musste Louise ihr beipflichten. »Aber wie er gerade eben auf Sir Theodore losgegangen ist, das war …«

Plötzlich begann Nathalie zu kichern. »Soll ich Ihnen mal sagen, wie das auf mich wirkt? Gestern hat er sich so verhalten, als hätte er Freitagabend eine Episode von *Inspector Barnaby* gesehen. Der ruhige, besonnen handelnde Polizist, der Selbstbewusstsein und Autorität ausstrahlt, wenn er dem Täter gegenübertritt. Heute Morgen könnte man allerdings meinen, dass er sich irgendeinen schlechten US-Krimi angesehen hat, in dem der Detective eine Cowboymentalität hat und sich entsprechend aufführt.«

Louise stöhnte leise auf. »Wenn das stimmt, können wir nur hoffen, dass er sich nicht nächste Woche *Die nackte Kanone* ansieht.«

Die Frauen sahen sich an und begannen zu lachen. Die drei Pudel, die noch immer kerzengerade dasaßen, schauten verdutzt zwischen den beiden hin und her, dann auf einmal fingen sie an zu bellen, wobei immer nur einer bellte, während die anderen zwei auf ihren Einsatz zu warten schienen.

»Was ist denn in euch gefahren?«, fragte Louise erstaunt und musterte die drei, die weiter lautstark anschlugen.

»Vielleicht wissen sie, dass ihr Herrchen von der Polizei einkassiert worden ist, und sie denken jetzt, dass sie die Sau rauslassen können«, überlegte Nathalie.

»Wie heißen die drei eigentlich?«, wollte die Köchin wissen. »Ich nehme an, das steht in dem Medaillon, das jeder von ihnen um den Hals trägt, aber da will ich jetzt noch nicht rangehen. Sonst meinen sie nachher noch, wir wollten ihnen etwas wegnehmen.«

»Richard III., Henry III. und Edward III.«, antwortete Nathalie.

»Ehrlich?« Louise schüttelte ungläubig den Kopf. »Ich bin dafür, dass wir sie Billy, Lenny und Rusty nennen. Das kann ich mir wenigstens merken.«

»Ich denke, bis heute Abend werden wir mit ihren richtigen Namen schon zurechtkommen«, meinte Nathalie und lächelte gelassen.

»Bis heute Abend? Was ist heute Abend? Passiert da etwas Besonderes?«

»Na, ich gehe mal davon aus, dass der Constable den armen Sir Theodore bis dahin wieder auf der Haft entlassen haben wird, weil er dann auch eingesehen hat, dass es ein Fehler war.«

Louise verdrehte die Augen. »Ich weiß nicht, ob ich Ihre Zuversicht amüsant oder erschreckend finden soll, Nathalie.«

Die Chefin des Black Feather reagierte mit einer ahnungslosen Miene, aber die war bloß aufgesetzt, weil sie in Wahrheit nur zu gut wusste, wovon Louise sprach.

»Nein, den Gesichtsausdruck kaufe ich Ihnen nicht ab«, machte Louise ihr klar, konnte sich aber ein Grinsen nicht verkneifen. »Sie wissen so gut wie ich, dass Sir Theodore heute Abend ganz sicher nicht rauskommen wird. Und Sie können auch davon ausgehen, dass es noch eine Weile dauern wird, bis sich abzeichnet, ob er vor Prozessbeginn überhaupt rauskommt. Das Hauptproblem ist, dass ein Polizist ihn gehört hat, wie er Mayfield bedroht hat. Die Aussage wiegt viel schwerer, als wenn das von irgendeinem Fremden gekommen wäre, auch wenn der Mayfield alles Unheil der Welt an den Hals gewünscht hätte. Das andere Problem ist tatsächlich, dass bei Sir Theodore auch noch Fluchtgefahr gegeben ist. Der Mann hat Geld genug, um schnell zum nächsten Flughafen zu fahren, eine Privatmaschine zu nehmen und sich außer Landes fliegen zu lassen.«

»Und genau da ist der Denkfehler, Louise«, sagte Nathalie. »Der Fehler, den Constable Strutner gemacht hat, als er Sir Theodore zum Hauptverdächtigen erklärt hat. Und der Fehler, den ein Richter genauso machen würde, wenn er die Möglichkeit hätte, den Mann bis zu einem möglichen Gerichtstermin auf freien Fuß zu setzen, und das nicht tut, weil er akute Fluchtgefahr befürchtet.«

»Wo soll da ein Denkfehler sein?«

»Es ist egal, womit er Mayfield gedroht hat«, sagte Nathalie voller Überzeugung, als würde sie den verdächtigten Mann schon seit Jahren kennen. »Das waren nur leere Worte. Sie haben doch eben gesehen, wie er fast ohnmächtig geworden ist, als der Constable ihm sagte, was mit den drei Süßen da drüben passieren wird.« Sie schüttelte nachdrücklich den Kopf. »Dieser Mann würde nichts tun, was ihn von seinen Hunden trennen würde. Er war außer sich, er fühlte sich reingelegt, und Mayfield war der einzige greifbare Feind in dem Moment. Ihm konnte er vorwerfen, dass er hinter der Farbattacke auf seine Hunde steckte, weil Mayfield ihn ja schon zuvor aus dem Wettbewerb hatte drängen wollen.«

Louise nickte nachdenklich. »Das ergibt einen Sinn«, stimmte sie ihr schließlich zu.

»Herzlichen Dank«, gab Nathalie ironisch zurück.

»Sie wissen, wie das gemeint war«, sagte die Köchin grinsend. »Hätte er sich allgemein gegen seine Konkurrenten so geäußert, wäre das wohl seltsam paranoid rübergekommen. Das hätte ihn in einem schlechten Licht dastehen lassen, während er so einen konkreten Schuldigen benannt hat, ganz gleich, ob Mayfield mit der blauen Farbe etwas zu tun hatte oder nicht.«

Nathalie stand auf und ging um den Tisch herum. »Kommen Sie, wir gehen mit der Dreierbande ein bisschen spazieren«, sagte sie und griff nach der Leine, die Sir Theodore um eines der Tischbeine gewickelt hatte. Nach gut einem Meter teilte sich die Leine in drei kürzere Stücke auf, an denen die Hunde festgemacht waren. »Los, Jungs, ihr dürft euch bewegen. Auf, auf.«

Die Pudel sahen erst Nathalie, dann sich untereinander an, als wollten sie ihren Augen nicht trauen. Sie erhoben sich und folgten ihr in einem seltsamen Trippel-gang, fast so, als fürchteten sie eine Falle oder einen Trick.

Nathalie schüttelte den Kopf. »Was haben die drei denn?«

»Ich bin keine Expertin für Hunde«, entgegnete Louise, »aber ich würde sagen, dass sie dem Braten noch nicht so ganz trauen. Ich vermute, wenn sie gleich merken, dass alles in Ordnung ist, werden sie etwas lockerer werden.«

Als hätten sie verstanden, was Louise soeben gesagt hatte, schossen sie alle gleichzeitig los. Für Nathalie kam das so unverhofft, dass sie von der Kraft der drei Pudel förmlich mitgerissen wurde und Mühe hatte, die Leine festzuhalten, während sie hinter den Tieren herstolperte.

»Halt! Halt! Halt!«, rief sie, jedoch ohne erkennbares Ergebnis. Die Hunde stürmten einfach weiter, bis sie die Kiesfläche hinter sich gelassen hatten, auf der die Tische und Stühle angeordnet standen. Als sie Rasen unter ihren Pfoten spürten, blieben sie wie auf Kommando so plötzlich stehen, dass Nathalie Mühe hatte, selbst noch rechtzeitig anzuhalten, bevor sie über die Meute fallen konnte.

Die Pudel warfen sich zu Boden und rollten sich auf dem Rasen hin und her, soweit die kurze Leine das zuließ, und bellten ausgelassen. Zwischendurch unterbrachen sie ihr Treiben und sahen zwischen Nathalie und Louise hin und her, als wollten sie sich vergewissern, dass die beiden mit dieser Aktion einverstanden waren. Als ihnen klar wurde, dass niemand mit ihnen schimpfen wollte, weil sie etwas Verbotenes machten, setzten sie ihr Treiben kurzerhand fort.

»Man könnte meinen, die drei haben richtig Spaß«, sagte Louise erstaunt.

»Ich glaube, sie holen das nach, was ihnen der Anstand sonst verbietet«, stimmte sie der Köchin zu. »Wobei der Anstand sogar einen Namen hat.«

Louise nickte. »Sir Theodore Prodder.«

Plötzlich standen alle drei Pudel wieder auf und schüttelten sich, sodass kleine Bröckchen Erde und Grashalme umherflogen. Das änderte allerdings nur wenig daran, dass Erde und Gras in rauen Mengen am Fell festhingen, das durch diese Aktion viel von seiner Fülle verloren hatte, die zweifellos durch eine Kombination aus Föhn und Spray zustande gekommen war. Mit einem Mal wirkten die drei Pudel gar nicht mehr so königlich. »Gut, dass sie momentan nicht weiß sind«, meinte Nathalie. »Sir Theodore würde der Schlag treffen, wenn er seine gepflegte Rasselbande jetzt so sehen könnte.«

»Glaube ich auch«, sagte Louise amüsiert. »Aber Ihnen ist ja hoffentlich klar, was das auch bedeutet?«

Nathalie warf ihr einen fragenden Blick zu. »Was?«

»Bevor Sir Theodore sie zurückbekommen kann, müssen die erst noch in die Badewanne.«

»Oh«, machte sie erschrocken.

»Nicht so schlimm, Nathalie, ich werde Ihnen helfen«, versprach ihr Louise. »Aber erst mal werde ich rumtelefonieren, um drei von diesen Leinen aufzutreiben, bei denen der Hund dreißig oder vierzig Meter vorauslaufen kann, ohne dass man ihn von der Leine lassen muss. Die armen Kerle können sich ja kaum bewegen.« Sie sah auf die Uhr. »Viertel nach elf ... okay, sagen wir, wir treffen uns um zwölf im Büro, dann habe ich die Leinen, und wir können mit der Bande über die Felder spazieren. Das Wetter ist ideal dafür.«

»Um zwölf? Werden Sie um die Zeit nicht in der Küche erwartet?«

Louise winkte ab. »Die kommen auch mal ohne mich zurecht. Außerdem können sie mich jederzeit anrufen, dann koche ich halt per Telepathie.«

Nathalie musste über diese Bemerkung lachen. »Also gut, um zwölf. Dann werde ich in der Zwischenzeit mal sehen, was ich für die drei zu essen auftreiben kann.«

»Fragen Sie am besten Cathy, die hat selbst zwei Hunde«, schlug Louise ihr vor. »Sie nimmt manchmal von den Küchenresten etwas für die zwei mit. Sie weiß am ehesten, was gut für sie ist und was man nicht geben sollte.«

»Nathalie? Wo sind Sie?«, rief Louise eine Dreiviertelstunde später, während sie sich Nathalies Wohnräumen näherte.

»Hier!«, rief die Gesuchte, als sie Louises Stimme hörte. »In der Wohnung! Die Tür ist offen!«

»Kann ich reinkommen?«

»Ja, Sie werden nicht überrannt«, versicherte Nathalie ihr. »Die drei sind gerade im siebten Himmel.«

Die Tür ging auf, Louise kam herein und sah Nathalie quer auf der Couch sitzen, damit sie die Füße hochlegen konnte.

»Und? Erfolg gehabt?«, fragte sie ihre Köchin.

Die hielt drei von den aufrollbaren Leinen hoch und strahlte ihre Chefin triumphierend an. »Wir können losziehen.«

»Sagen Sie das nicht mir, sondern Billy, Lenny und Rusty«, gab sie mit einem spitzbübischen Grinsen zurück.

»Wenn Sie mir verraten, wo sie sind …«

»Wenn Sie sich einen Moment lang Zeit zum logischen Kombinieren nehmen wollen«, sagte Natalie geheimnisvoll, »werden Sie auf die Lösung kommen.«

Louise zog verwundert die Augenbrauen hoch. »Wie soll ich durch Kombinieren dahinterkommen, wo sich drei … oh, warten Sie. Wo würden sich drei ausgewachsene Königspudel so richtig wohlfühlen, wenn sie sich nicht zu Ihnen oder sogar noch vor Ihnen auf die Couch gelegt haben und auch nicht auf dem Teppich auszumachen sind? Auf dem Bett.«

»Richtig. Auf dem Bett. Kreuz und quer. Jeder Hund schätzungsweise fünf Meter lang. Mit einer kleinen Portion Kalbfleisch im Magen und einer bequemen Matratze unter sich.«

»Kalbfleisch?«

»Ja. Frisch zubereitet, weil Billy oder Lenny oder Rusty der armen Tonya genau vor die Füße lief, als sie gerade drei Kalbsschnitzel vom Kühlschrank zum Herd bringen wollte. Ich habe mit aller Macht versucht, die Hunde aus der Küche zu bringen, aber vergebens. Tonya konnte sich zwar noch gerade eben an der Kühlschranktür festklammern, um nicht der Länge nach auf dem Fußboden zu landen, aber genau da landeten dann eben die Schnitzel. Wir hatten die Wahl, sie wegzuwerfen oder den Hunden zu geben. Da keiner der drei auf Befragen irgendein Problem mit der Nichteinhaltung der Hygienevorschriften zu Protokoll gegeben hatte, hat Tonya das Fleisch für ein paar Minuten in den Kochtopf geworfen und dann hergebracht. Es waren zum Glück die kleinen Schnitzel für den Kinderteller, darum waren die drei nach nicht mal zwei Minuten mit ihrer jeweiligen Portion fertig. Sie haben mich fragend angesehen, ob es denn Nachschlag geben würde, woraufhin ich den Kopf geschüttelt habe. Dann sind sie zielstrebig ins Schlafzimmer getrottet, als wären sie hier zu Hause. Ich wollte sehen, was sie machen, und bin ihnen gefolgt …«

»Und sie hatten das Bett bereits erobert, richtig?«, warf Louise ein, während sich ein fröhliches Lächeln auf ihr Gesicht stahl.

»Tja, das sollte man meinen, aber das war nicht der Fall. Die drei standen am linken Bettrand und sahen mal das Bett an, mal mich. Die Köpfe gingen ständig hin und her, bis ich es nicht mehr ausgehalten habe. Ich habe nur einmal genickt, nur ein einziges Mal, und das auch noch so kurz und knapp, dass die meisten Menschen das gar nicht als Nicken gedeutet hätten. Aber die drei haben mich sofort verstanden, und im nächsten Augenblick sprangen sie drauf und warfen sich auf die Seite.«

»Das muss für sie wohl das Schlaraffenland sein«, überlegte die ältere Frau. »Auch wenn Sir Theodore sichtlich an seinen Hunden hängt, kann ich mir irgendwie nicht vorstellen, dass sie bei ihm so etwas machen dürfen.«

»Das dachte ich zuerst auch«, sagte Nathalie, »aber dann habe ich überlegt, dass wir uns womöglich in dem Mann täuschen. Vielleicht erlaubt er ihnen ja dieses Verhalten, und sie haben mich vorhin nur deshalb so abwartend angesehen, weil sie wissen wollten, ob ich auch damit einverstanden bin.«

»Wir werden ihn einfach fragen, wenn er sie abholt«, meinte Louise und ging zur Schlafzimmertür.

»Würde ich nicht machen«, hielt Nathalie dagegen. »Wenn sie es nicht dürfen, muss er nicht erfahren, wie ›skandalös‹ sie sich verhalten haben, als sie wussten, dass sie nicht von ihm beaufsichtigt werden.«

»Stimmt auch wieder. Na, dann versuche ich mal mein Glück mit den Leinen«, redete die Köchin weiter und verschwand nach nebenan.

Nathalie musste grinsen, als sie Sekunden später Louise rufen hörte: »Vor lauter Hund sehe ich ja kein Bett mehr!«

Nachdem sie das Black Feather ein Stück weit hinter sich gelassen hatten und sich vor ihnen eine weite Wiese erstreckte, ließ Nathalie für den einen der beiden Hunde die Leine locker. Da er ohnehin gezogen hatte, merkte er sofort, wie der Widerstand nachließ. Wie ein Pfeil schoss er davon, was den anderen Hund bei ihr und den dritten Hund bei Louise stutzen ließ, da sie beide immer noch dicht bei ihren menschlichen Begleitern herumtänzelten. Der vorausgeeilte Pudel blieb stehen und drehte sich um, dann bellte er, als wollte er seine Brüder auffordern, ihm zu folgen.

Nathalie sah Louise an und nickte, dann ließen sie die beiden anderen Leinen auch locker. Die zwei verbliebenen Pudel hetzten los, um ihren Kumpel einzuholen. Das Schauspiel, das die vor ekstatischer Freude herumtollenden Hunde darboten, war so unterhaltsam, dass beide erst viel zu spät bemerkten, wie sehr sich die drei Leinen bis dahin bereits verheddert hatten.

Die nächste Viertelstunde waren sie damit beschäftigt, das lebensgroße Ebenbild eines völlig verdrehten Wollknäuels zu entwirren, wobei sie aufpassen mussten, dass sie sich nicht selbst in das Durcheinander verstrickten. Die Pudel beobachteten interessiert das Geschehen, blieben aber zum Glück auf dem Platz sitzen, auf den Nathalie in der Hoffnung gezeigt hatte, dass sie ein weiteres Mal direkt gehorchen würden. Was sie auch taten.

»Den dreien scheint ihr Herrchen gar nicht zu fehlen«, sagte Louise, während sie mit einem Finger dem Verlauf der einen Leine folgte, die sie von den anderen befreien wollte.

»Das kommt sicher noch«, meinte Nathalie. »Im Augenblick gibt es für sie so viele neue Eindrücke zu verarbeiten, dass es wohl noch eine Weile dauern wird, bis ihnen einfällt, dass hier doch jemand ganz Bestimmtes fehlt.«

»Während ihr Herrchen garantiert an nichts anderes als an seine drei Lieblinge denken dürfte«, meinte die Köchin.

»Wir müssen unbedingt versuchen, Sir Theodore aus der Haft zu holen.« Nathalie seufzte leise.

»Aber dafür müssen wir dem Constable erst mal den wahren Mörder liefern!«, machte Louise ihr klar.

Nathalie unterbrach ihre Suche nach der Fortsetzung der Leine. Bedächtig schüttelte sie den Kopf. »Nein, wir müssen Strutner zuerst einmal belegen, dass Sir Theodore nicht der Täter ist. Danach können wir immer noch nach dem Mörder suchen, was für uns aber letztlich zweitrangig ist.«

»Wieso zweitrangig? Ich halte es für zweckmäßiger, sofort nach dem Täter zu suchen, denn damit ist ja dann klar, dass Sir Theodore unschuldig ist.«

Nathalie nickte. »Ja, ich verstehe schon, was Sie meinen. Aber ich sage Ihnen, dass der Mann da drin ohne seine Hunde verkümmern wird. Die Suche nach dem Täter kann langwierig werden, und es muss dann ja auch erst mal stichhaltig bewiesen werden, dass wir wirklich den Mörder gefunden haben. Danach erst wird Sir Theodore auf freien Fuß kommen. Wir können aber vermutlich schneller belegen, dass er es nicht war. Dann kommt er frei, und die Polizei darf sich wieder auf die Suche nach dem Täter begeben, was uns dann nicht mehr kümmern muss.«

»Aber wie belegen wir, dass Sir Theodore unschuldig ist, wenn wir nicht mal genau wissen, wie Mayfield ums Leben gekommen ist?«, gab Louise zu bedenken.

»Constable Strutner sagt nichts dazu?«

»Nein, er … er ziert sich ein wenig. Ich habe mit ihm telefoniert, als ich die Leinen besorgt habe«, berichtete sie. »Er sagt, er könne sich nicht dazu äußern. Falls unsere Vermutung stimmt, was seine momentanen Vorbilder angeht, dann hat er wohl auch noch einen Film gesehen, in dem es einem zu geschwätzigen Polizisten an den Kragen geht.« Sie schüttelte frustriert den Kopf. »Wenn er so weitermacht, weiß ich bald wirklich nicht mehr, wo ich bei ihm dran bin.«

»Vielleicht sollten wir uns ein paar Filme herauspicken, in denen es von hilfsbereiten und entgegenkommenden Polizisten nur so wimmelt, und ihm die entsprechenden DVDs schenken«, überlegte Nathalie. »Möglicherweise kommt er dann ja wieder zur Besinnung.«

»Einen Versuch wär's auf jeden Fall wert«, meinte die Köchin lachend. Dann atmete sie erleichtert auf, da auch noch die letzte Leine endlich entwirrt war. »Oh Mann, da löse ich ja lieber den gordischen Knoten, als noch einmal dieses Durcheinander entwirren zu müssen. Was halten Sie davon, wenn wir bis zum Cottage von O'Shelley gehen und von da zurück zum Pub?«

»Gute Idee. Das dürfte für die Bande genug Auslauf sein, jedenfalls für heute«, fand Nathalie und ließ den abermals ziehenden Pudeln nur ein paar Meter Leine, damit sie nicht so weit vorauslaufen und wieder wild durcheinanderrennen konnten. Der Weg zum Cottage des vor wenigen Wochen ermordeten Schriftstellers führte über sanft ansteigende Hügel und lang gestreckte Täler, vorbei an hohen, dichten Hecken, die angrenzende Grundstücke abteilten, und vorbei an Baumgruppen, in denen es von Vögeln nur so wimmelte, die mit lautem Zwitschern den Sonnenschein und die Wärme zu begrüßen schienen.

Das hier war genau das, was ihre Heimatstadt Nathalie nicht bieten konnte. Hier hatte sie das Gefühl, Welten von der Hektik und dem Lärm entfernt zu sein. Hier fühlte sie sich tatsächlich zu Hause, hier wollte sie bleiben. Und das würde sie auch tun. Das Black Feather war erfolgreich, die Beziehung zu Glenn lag hinter ihr, und sie war ihr eigener Boss – und von Leuten umgeben, in deren Mitte sie sich wohlfühlte.

»Ich habe im Gemeindesaal übrigens mindestens eine Kamera gesehen«, sagte Nathalie, als vor ihnen das kleine, bescheidene Haus des toten Schriftstellers auftauchte. »Ich würde gern wissen, ob die funktioniert und was sie aufgenommen hat. Der Winkel könnte mit viel Glück so hinkommen, dass Sir Theodores Pudel zu sehen sein werden.«

Louise zog ihren Hund zurück, der soeben Anstalten machte, hinter seinen Brüdern vorbeizulaufen, womit das nächste Leinenchaos vorprogrammiert gewesen wäre. »Ich kann nachher Father Cochrane fragen, ob es Aufnahmen von der Hundeausstellung gibt.«

»Wenn wir wissen, wer ihm die blaue Farbe untergeschoben hat, könnten wir damit auch unseren Mörder ausfindig machen«, fuhr Nathalie fort. »Obwohl … das eine muss mit dem anderen nichts zu tun haben. Es ist ja nicht zwangsläufig so, dass Sir Theodore dieser dumme Streich nur deshalb gespielt wurde, damit er außer sich vor Wut ist und Mayfield Vorwürfe macht. Er hätte auch voller Entsetzen seine Hunde einpacken und zum Arzt fahren können, anstatt erst noch Mayfield zu beschimpfen und zu bedrohen.«

»Richtig, ein solcher Plan ist viel zu vage und viel zu riskant«, stimmte Louise ihr zu. »Ein durchdachter Plan baut auf Fakten, aber nicht auf der Annahme auf, dass die anderen schon alle so reagieren werden, wie man es braucht.«

»Aber es muss ja gar kein durchdachter Plan dahinterstehen«, legte Nathalie nach. »Vielleicht hat einer der

Anwesenden spontan entschieden, dass der Streit zwischen Sir Theodore und Mayfield die ideale Gelegenheit ist, um den Mann aus dem Verkehr zu ziehen. Er wusste ja, dass der erste Verdacht auf Sir Theodore fallen würde.«

»Er konnte aber nicht wissen, ob Sir Theodore für die Tatzeit ein Alibi haben würde oder nicht«, wandte Louise ein.

»Darum ja auch eine spontane Aktion«, beharrte Nathalie. »Sollte Sir Theodore seine Unschuld beweisen können, müsste erneut nach einem Täter gesucht werden, und der hat bis dahin längst das Weite gesucht.«

Sie schlenderten weiter und genossen die warme Luft und den Sonnenschein, den Pudeln schien es nicht anders zu gehen. Sie tollten ausgelassen hin und her, jagten jedem Schmetterling nach, der ihnen in die Quere kam, vergaßen ihn aber schnell wieder, wenn sie ihn nach ein paar Versuchen doch nicht zu schnappen bekamen.

»Weiß eigentlich jemand, wo Mayfield übernachtet hat?«, fragte Nathalie auf einmal.

Louise hob die Schultern an. »Da müssten wir den Constable fragen. Wieso?«

»Na ja, ich frage mich, ob Strutner sich darum bereits gekümmert und einen Blick in Mayfields Zimmer geworfen hat. Es könnte ja sein, dass sich da noch irgendein Hinweis findet. Zum Beispiel ein Drohbrief oder etwas Ähnliches. Oder irgendwelche Notizen, dass er mit jemandem reden muss.«

Louise nickte nachdenklich. »Schaden könnte es nicht.« Sie zog ihr Smartphone aus der Tasche und wählte Strutners Nummer. Als sich der Constable meldete, erklärte sie ihm, was Nathalie eingefallen war.

»Guter Gedanke«, musste er zugeben, was Nathalie mithören konnte, da Louise auf Lautsprecher umgeschaltet hatte. »Aber die nächsten Stunden komme ich nicht dazu. Ich muss gerade einen größeren Unfall aufnehmen, da bin ich noch eine Weile beschäftigt.«

»Weißt du denn, wo Mayfield übernachtet hat? So viele Hotels gibt es in der Umgebung nun auch wieder nicht, in denen ein Mann wie er absteigen würde.«

Sie hörten den Constable lachen. »Der Mann hat zwar versucht, aus allem so viel Geld wie möglich rauszuholen, aber selbst hat er … na, sagen wir mal … sehr auf Sparflamme gekocht. In seiner Hosentasche befand sich ein Schlüssel von Kristy's Bed 'n' Breakfast.«

»Was?«, rief Louise ungläubig. »Ist das dein Ernst?«

»Das darfst du mir schon glauben, Louise«, gab er zurück.

»Würdest du da anrufen und unser Kommen ankündigen, damit wir uns in seinem Zimmer umsehen können?«, fragte sie dann. »Wir sind gerade mit den Hunden unterwegs und schätzungsweise eine Viertelstunde vom Kristy's entfernt.«

»Ähm … Ermittlungen sind eigentlich mein Job. Aber ja, das werde ich gleich erledigen«, sagte er schnell. »Danke … ähm …, dass ihr das übernehmen wollt.«

»Machen wir doch gern, Ronald«, erwiderte Louise und verabschiedete sich von ihm. Dann sah sie Nathalie an.

»Eigentlich hätte er sich dafür bedanken müssen, dass Sie überhaupt daran gedacht haben. Ihm wäre das mit Sicherheit nicht in den Sinn gekommen. Kristy's Bed 'n' Breakfast«, murmelte Nathalie. »Das ist ja nur ein kleiner Schlenker, da können wir anschließend immer noch einen Blick auf O'Shelleys altes Cottage werfen.«

»Ja, der Constable hat Sie bereits angekündigt«, wurden sie von Kristy McCall empfangen. »Ich bringe Sie zu seinem Zimmer.« Die kleine pummelige Frau mit den offenbar sehr langen, zu einer Art Turban hochgesteckten roten Haaren kam mit dem Zimmerschlüssel aus der Küche und ging die schmale Treppe in dem recht beengten und betagten Einfamilienhaus hoch, in dem sich erstaunliche vier Gästezimmer befanden.

»Es ist ja schrecklich, dass der arme Mann einfach so ermordet wurde«, sagte sie, während sie vor ihnen den schmalen Gang zu den Zimmern entlangeilte. »Ich kann nur froh sein, dass er im Voraus bezahlt hat. Sonst wüsste ich nicht, wie ich an mein Geld kommen sollte.«

Das Mitleid der Frau hielt sich offenbar in Grenzen.

Sie schloss ihnen auf und ging zur Seite, dann hielt sie Louise den Schlüssel hin. »Schließen Sie einfach ab, wenn Sie fertig sind. Ich bin unten und nehme den Schlüssel dann in Empfang. Ich hoffe, Sie bekommen das alles getragen.« Mit diesen Worten stürmte sie davon und machte einen großen Bogen um die drei Pudel, fast so, als könnten die sie mit ihrer blauen Farbe anstecken.

»Was sollen wir denn tragen?«, fragte Nathalie, als Mrs. McCall nach unten verschwunden war.

»Entweder hat sie Ronald falsch verstanden, oder er hat angedeutet, wir würden Mayfields Sachen abholen, damit sie uns bereitwilliger ins Zimmer lässt«, antwortete Louise. »Außer einem echten Beweisstück werde ich aber garantiert nichts von Mayfields Sachen mitnehmen. Wir haben schließlich nur drei blaue Pudel, aber keine drei Lastenesel mitgebracht.«

Das Zimmer war sehr klein und mit einem bequemen Bett, einem Schrank und einem Schreibtisch so vollgestopft, dass man sich kaum umdrehen konnte. »Wenn ich hier übernachten müsste, wurde ich vermutlich laut schreiend das Weite suchen«, erklärte Nathalie und musste schon jetzt nach Luft schnappen. »Und das hat

Mayfield freiwillig über sich ergehen lassen, nur um ein paar Pfund zu sparen?« Sie schüttelte fassungslos den Kopf. »Der Mann muss am Dagobert-Duck-Virus gelitten haben.«

Louise ging noch einmal zurück zur Treppe und machte die Hundeleinen am Geländer fest, damit die Tiere weder weglaufen noch sich zu ihnen in das ohnehin viel zu kleine Zimmer quetschen konnten. Dann stellte sie sich auf die eine Seite des Betts, da Nathalie bereits die andere Seite in Beschlag genommen hatte. Im Schrank hingen zwei Anzüge und ein paar Hemden, in ein Fach hatte Mayfield Strümpfe und Unterwäsche gelegt. Im Fach darunter befanden sich zwei Paar Schuhe. Louise durchsuchte alle Taschen seiner Anzüge, wurde aber nicht fündig.

Währenddessen schaute sich Nathalie auf dem Schreibtisch um, auf dem verschiedene Papiere zu einem kleinen Stapel zusammengelegt worden waren.

Den Koffer hatte Mayfield unter das Bett geschoben, Louise holte ihn hervor, legte ihn aufs Bett und machte ihn auf. »Auch leer«, stellte sie enttäuscht fest. »Und bei Ihnen?«

»Fast alles nur Werbung«, antwortete Nathalie. »Sieht nach seinen Veranstaltungen aus, vermutlich die Wurfzettel, die er noch gegenlesen sollte. Ein paar Mitteilungen aus der Buchhaltung, dass noch nicht alle gemeldeten Händler ihre Standmiete bezahlt haben. Aber nichts, was uns weiterhelfen würde.«

»Na ja, etwas Vertrauliches hätte er vermutlich sowieso nicht einfach hier herumliegen lassen«, gab Louise zurück. »Wenn Mrs. McCall hier reinspaziert, um das Bett zu machen und zu putzen, würde ich meine Kontoauszüge auch nicht offen herumliegen lassen.«

»Ja, wahrscheinlich hat er alles Wichtige sowieso in seinem Computer«, überlegte Nathalie. »Zu schade. Jetzt können wir nur hoffen, dass unser Constable sich damit befassen wird.«

»Wird er nicht«, erklärte ihre Köchin und schob den Koffer zurück unters Bett.

»Nicht?«

»Nein, weil das Gerät garantiert mit einem Passwort geschützt ist und er an die Daten nicht herankommt. Das müssen dann die Spezialisten übernehmen, und das wird noch dauern.«

»Vielleicht sollten wir ihm vorschlagen, dass wir Laptop und Co. zu seinen Kollegen bringen, die sich damit auskennen«, überlegte Nathalie und sah ihre Köchin fragend an.

Louise schüttelte den Kopf. »Ronald hätte kein Problem damit, uns all die Sachen in die Hand zu drücken, damit er sie los ist. Aber seine Kollegen, die das in Empfang nehmen sollen, würden uns Ärger machen, weil der Constable möglicherweise wichtiges Beweismaterial Zivilpersonen überlassen hat. Wir könnten ja in der Lage sein, auf die Daten zuzugreifen und sie zu manipulieren.« Sie hob die Hände zu einer frustrierten Geste. »Wenn sich dann da tatsächlich etwas Entscheidendes finden lässt, kommt der Täter unter Umständen unbehelligt davon, weil niemand belegen kann, dass dieser Beweis nicht nachträglich auf dem Laptop hinterlassen wurde.«

»Hm«, schnaubte Nathalie. »Dann war das hier eigentlich ein vergeblicher Ausflug.«

»So würde ich das nicht bezeichnen«, meinte die ältere Frau. »Jetzt wissen wir wenigstens, dass hier nichts herumgelegen hat, das Sir Theodores Freilassung hätte bewirken können. Das ist mir lieber, als in drei oder vier Tagen davon zu hören, dass hier was gefunden wurde und Sir Theodore schon vor Tagen zu seinen Hunden hätte zurückkehren können.«

»Wissen Sie, Louise, eigentlich haben Sie recht«, stimmte Nathalie ihr zu. »Außerdem hätten wir ja durchaus auf eine Notiz oder einen Namen stoßen können, der der Polizei weitergeholfen hätte.«

Sie verließen das kleine Zimmer, machten die Hundeleinen los und gingen nach unten. Mrs. McCall kam aus der Küche und fragte freundlich: »Haben Sie alles?« Als Louise ihr den Zimmerschlüssel zurückgab, stutzte sie. »Sie haben seinen Koffer ja gar nicht mitgebracht.«

»Ja, stimmt«, sagte Louise und lächelte die Frau im Weitergehen an. »Constable Strutner wird sich darum kümmern. Unsere Pudel müssen unbedingt raus, sonst gibt es noch ein Unglück.«

»Aber ... aber ...«, stammelte Mrs. McCall. »Wie soll ich denn ...?«

»Rufen Sie ihn einfach an«, schlug die Köchin ihr vor. »Er macht das schon. So etwas muss schließlich von der Polizei sichergestellt werden.«

»Ich dachte, Sie ... ähm ...«

»Nochmals vielen Dank«, sagte Nathalie und folgte mit zwei von drei Pudeln Louise nach draußen, die wieder eines der Tiere übernommen hatte.

Auf der Straße angekommen, meinte Nathalie: »Das war ja gerade nicht sehr nett von uns.«

»Ich weiß«, bestätigte Louise. »Aber wenn wir nicht gegangen wären, hätten wir eine endlose Diskussion am Hals gehabt. Ich kenne Mrs. McCall lange genug, um mit ihrer Eigenart der Endlosdiskussion vertraut zu sein. So lieb und nett sie normalerweise ist, sollte man nicht in ihrer Nähe sein, wenn etwas nicht so läuft, wie sie es sich vorstellt. Ich habe sie einmal auf dem Markt erlebt, wo sie sich an einem Stand über eine andere Kundin ereiferte, die ihrer Meinung nach zu lange gebraucht hatte, um ihre Einkäufe einzupacken. Diese Kundin war längst gegangen, aber Mrs. McCall diskutierte eine Viertelstunde später immer noch mit jedem in der Schlange hinter ihr. So wäre es uns auch jetzt ergangen.«

»Na gut, dann geht es jetzt wie geplant noch bis zum Cottage von O'Shelley?«, vergewisserte sich Nathalie.

»Würde ich schon sagen. Dort drehen wir dann um und laufen zurück zum Black Feather.« Sie zeigte in die Richtung, in die sie gehen mussten, und marschierte los.

»Sehen Sie sich mal den Garten an«, sagte Louise erstaunt, als sie sich eine Viertelstunde später dem Cottage näherten, und hielt ihre freie Hand an die Stirn, um ihre Augen vor der Sonne abzuschirmen, der sie die ganze Zeit über entgegengegangen waren, um das Cottage zu erreichen. »Jemand hat sämtliche vertrocknete Pflanzen und alles Unkraut herausgerissen und umgegraben. Möchte wissen, wer sich auf einmal für das Grundstück zuständig fühlt.«

»Vielleicht irgendwelche Fans«, überlegte Nathalie. »Nach seinem Tod wurde ja genug darüber geschrieben, wo er Zuflucht gesucht hatte, um angeblich ganz in Ruhe an seinen Büchern zu arbeiten. Mich wundert immer noch, dass sich die Medien bislang nicht auf die Affäre gestürzt haben. Dass alle Beteiligten so beharrlich schweigen, kommt ja nicht oft vor.«

»Stimmt, aber die Reporter versuchen doch immer wieder hier im Dorf ihr Glück«, sagte Louise. »Ich finde so was pietätlos.«

Nathalie stutzte, da auf einmal ein Tropfen auf ihrer Stirn landete. Sie wischte ihn weg und betrachtete verwundert die nasse Fingerkuppe. »Wo kommt denn ein einzelner Regentropfen her?«

Auf die Frage hin drehte sich Louise zu ihr um, doch dann sah sie aus dem Augenwinkel etwas, das ihr eine ungläubige Miene entlockte. »Wahrscheinlich haben ihn seine vielen, vielen Freunde als kleine Warnung vorausgeschickt«, murmelte sie und zeigte zum Himmel.

Als Nathalie in die gewiesene Richtung schaute, wollte sie ihren Augen kaum trauen. Eine fast pechschwarze

Front aus Regenwolken war völlig unbemerkt hinter ihnen hergezogen und hatte sie innerhalb kürzester Zeit eingeholt.

»Wo kommen die denn her?«, fragte sie verständnislos, während sie zusehen konnte, wie die Wolken sich näher heranschoben und die ersten Ausläufer sie soeben überholten.

Louise verzog missmutig den Mund. »Wir haben jetzt Viertel nach eins, wir sind seit fast einer Stunde unterwegs. Aber wir sind immer nur in Richtung Sonne gelaufen, darum haben wir auch keinen Schatten gesehen, der uns hätte vorwarnen können.« Sie ging zum Cottage, aber alle Türen waren abgeschlossen. Damit fiel die Möglichkeit weg, sich dort unterzustellen, bis der Regenschauer vorbei war. »Solange es nicht blitzt und donnert, ist das alles halb so schlimm«, meinte sie beschwichtigend.

Nur Sekunden später brach ein Unwetter über sie herein, wie Nathalie es noch nie erlebt hatte. Es vergingen nur Augenblicke, dann waren sie beide bis auf die Haut durchnässt und standen da wie in einer schlechten Komödie, in der die Hauptpersonen unter einem defekten Rohr stehen blieben und zuschauten, wie immer mehr Wasser auf sie niederging, anstatt einen Schritt zur Seite zu machen.

Nur konnten sie hier so viele Schritte zur Seite machen, wie sie wollten, diesem Wolkenbruch konnten sie nicht entgehen. Und da sie ohnehin schon völlig durchnässt waren, ergab es keinen Sinn, loszulaufen und irgendwo Schutz zu suchen.

»Da haben wir wohl was nicht kommen sehen«, kommentierte Louise mit todernster Miene, während ihr der Regen von der Nasenspitze und vom Kinn tropfte. »Aber wenigstens sehen nicht nur wir beide aus wie die sprichwörtlichen begossenen Pudel.« Dabei deutete sie auf die blaue Dreierbande.

Die drei Hunde hatten sich neben den beiden Frauen hingesetzt und ließen den Regen über sich ergehen. Die Feuchtigkeit verwandelte sie in seltsame Wesen, die mit Pudeln nicht mehr viel Ähnlichkeit hatten, da das lockige Fell komplett platt gedrückt unmittelbar auf der Haut klebte. Das ließ den Kopf extrem klein erschienen, und zugleich verlieh ihr Aussehen ihnen etwas sehr Hippiehaftes, da die nassen Haare auf dem Kopf und rund um die Schnauze glatt herunterhingen.

»Ich muss gestehen, ich habe tatsächlich noch nie zuvor einen klatschnassen Pudel gesehen«, sagte Nathalie und wunderte sich, wie völlig anders diese Tiere jetzt wirkten. Dass sie dazu auch noch komplett blau eingefärbt waren, machte das Ganze nur noch absurder.

»Da sehen Sie mal, wofür das Leben auf dem Land gut sein kann«, scherzte die Köchin und wischte sich übers Gesicht, was sie sich aber auch hätte sparen können, da der Regen nicht nachließ.

»Nehmen wir den gleichen Weg zurück?«, fragte Nathalie. »Oder ist es sinnvoller, die Straße entlangzulaufen, die irgendwo dahinten verläuft?«

»Die Straße macht einen riesigen Bogen«, sagte Louise und winkte ab. »Da brauchen wir viel länger. Und vergessen Sie nicht die zahlreichen unübersichtlichen Kurven. Wenn da einer bei dem Wetter zu schnell unterwegs ist, sind wir am Ende nicht nur verdammt nass, sondern auch verdammt tot.«

»Na ja, nass sind wir sowieso, und aufs Totsein kann ich noch eine Weile verzichten. Dann nehmen wir den Weg, den wir gekommen sind.« Nathalie machte einen Schritt, der ungewöhnlich viel Kraft erforderte und von einem schmatzenden Geräusch begleitet wurde, und sah nach unten. Der Boden hatte sich in den wenigen Minuten seit Einsetzen des Wolkenbruchs in Morast verwandelt, der an ihren Schuhen klebte. »Wow, und ich dachte, es könnte nicht noch schlimmer kommen.« Sie machte noch einen Schritt, wurde dann aber von den Leinen »ihrer« beiden Pudel zurückgehalten. Sie drehte sich um und sah, dass alle drei blauen Hunde noch immer dasaßen, als würden sie auf eine Belohnung warten. »Was ist los mit euch? Wollt ihr bei dem Wetter nicht unterwegs sein? Tja, da habt ihr leider schlechte Karten. Euch bleibt nämlich keine andere Wahl, weil uns auch keine andere Wahl bleibt.«

Die Pudel sahen sie und Louise an, rührten sich aber weiterhin nicht von der Stelle.

»Glaubt ja nicht, dass wir euch zum Pub tragen«, ergänzte Louise. »Eure edlen Pfoten stecken sowieso schon im Morast, also könnt ihr euch auch in Bewegung setzen. Los, Jungs, lauft!«

Der energische Tonfall der Köchin zeigte tatsächlich Wirkung, allerdings nicht in der erhofften Form, denn anstatt aufzustehen und ihnen zu folgen oder wie auf dem Hinweg vor ihnen herzulaufen, warfen sich die drei Pudel zu Boden und begannen, sich im Morast zu wälzen.

»Sie haben den Befehl ›Los, Jungs!‹ wohl irgendwie falsch verstanden«, meinte Nathalie, während bei allen drei Hunden immer mehr von dem blauen Fell unter einer braunen Schlammschicht verschwand.

Ein paar Minuten lang ging das so weiter, dann hatten sie offenbar genug, erhoben sich vom morastigen Untergrund, stellten sich hin und …

»Nicht schütteln!«, rief Louise, so laut sie konnte, aber es war bereits zu spät …

»Nicht schütteln!«, rief diesmal Nathalie, als sie einein-halb Stunden später endlich am Black Feather angekommen waren. Auf dem Weg dorthin hatte der Regen nicht nachgelassen, was zumindest für eines gut gewesen war: Der Morast war weggespült worden, und zwar sowohl vom Fell der Pudel als auch von ihrer und von Louises Kleidung. Dummerweise hatte der Dauerregen vor dem Eingang zum Café einen kleinen See entstehen lassen, der für die drei Pudel eine unwiderstehliche Versuchung dargestellt hatte, um noch einmal ein Schlammbad zu nehmen.

So wie zuvor Louise kam auch Nathalie mit ihrem Warnruf Sekundenbruchteile zu spät. Da sich alle drei Hunde gleichzeitig schüttelten, konnten Nathalie und ihre Köchin sich drehen, wohin sie wollten – aus irgendeiner Richtung wurden sie garantiert getroffen. Während die Hunde zwar durchnässt und blau, aber weitgehend sauber dastanden, waren Nathalie und Louise nicht nur bis auf die Haut nass, sondern auch von Kopf bis Fuß mit Schlammspritzern überzogen.

Nathalie schüttelte den Kopf. »Am besten bleiben wir noch so lange im Regen stehen, bis wenigstens der Dreck abgespült worden ist«, schlug sie vor. »Nasser können wir ja sowieso nicht mehr werden.«

Als wäre ein Schalter umgelegt worden, hörte es von einer Sekunde zur nächsten auf zu regnen. Die Sonne kam zum Vorschein, und sofort wurde es unangenehm schwül, da die Wärme sich mit der immer noch fast hundertprozentigen Luftfeuchtigkeit zusammentat, um Verhältnisse wie in der Sauna entstehen zu lassen.

»Na gut, dann trocknen wir eben an der Luft wie ein guter Schinken«, erwiderte Louise, zwinkerte Nathalie zu, ging dann aber zur Tür. »Kommen Sie, wir müssen die Hunde ins Bad schaffen.«

Nathalie folgte ihr nach drinnen, durchquerte das Café und war im Korridor schon auf dem Weg zu ihrer

Wohnung, als einer der Kellner ihr im Vorbeihuschen zurief: »Miss Ames! Miss Ames! Warten Sie, hier ist Besuch für Sie!«

Sie ging zwei Schritte zurück, um dem Kellner ein Zeichen zu geben, dass er zu ihr kommen sollte. Doch als sie um die Ecke blickte, stand vor ihr nicht der Kellner, sondern ... Rob Dinkmore.

Nathalie konnte sich nur in etwa vorstellen, wie sie in diesem Moment aussehen musste. Es war sicherlich noch viel schlimmer, als ihre Fantasie es sich ausmalen konnte, denn Rob stand da und musste sich mindestens ein Grinsen verkneifen, vermutlich aber sogar ein lautes Lachen.

»Nathalie?«, fragte er, als sei er sich nicht ganz sicher, ob die Frau vor ihm tatsächlich sie war.

»Ja«, brachte sie nur leise heraus.

Siebtes Kapitel, in dem eine Einladung zum Abendessen wenig Neues ergibt

»Das ist also der Aufzug, in dem er mich gesehen hat«, murmelte Nathalie gut zwei Stunden später, nachdem die Hunde gebadet und getrocknet waren und sie selbst sich auch wieder in einer vorzeigbaren Verfassung befand. In der Hand hielt sie ihr Smartphone, auf dem Display war das Selfie zu sehen, das sie nach ihrer unerwarteten Begegnung mit Rob Dinkmore geschossen hatte, um einen Eindruck davon zu bekommen, welchen Anblick sie in dem Moment geboten hatte.

Jetzt trug sie einen Jogginganzug und hatte es sich auf dem Sofa in ihrer Wohnung bequem gemacht. Die drei Pudel hatten sich zunächst wieder ins Schlafzimmer begeben, waren dann aber zu ihr gekommen, um ihr auf dem Sofa Gesellschaft zu leisten, was zur Folge hatte, dass sie nun von drei glücklich schnarchenden Hunden so belagert wurde, dass an Aufstehen gar nicht zu denken war.

Es klopfte an der Tür. »Ich bin's, Louise«, rief die ältere Frau zögerlich.

»Kommen Sie rein.«

Louise betrat die Wohnung, sah ihre Arbeitgeberin in der Gewalt von drei blauen Königspudeln und zog als Erstes das Smartphone aus der Tasche, um ein paar Fotos von dieser Szene zu machen.

»Ich nehme an, dass das, von da drüben betrachtet, völlig dekadent aussieht, oder?«, fragte Nathalie amüsiert.

»Na ja, es fehlen links und rechts die Sklaven mit den Palmwedeln, die Ihnen Luft zufächeln«, sagte Louise. »Aber für so etwas gibt's ja heute Photoshop.«

»Die Abmahnung ist schon vorbereitet, Louise, ich muss sie nur noch ausdrucken und unterschreiben«, gab Nathalie todernst zurück, zwinkerte ihrer Angestellten dann aber zu. »Wie fühlen Sie sich?«

»Nach einer heißen Dusche mitten im Sommer erstaunlich gut«, antwortete sie. »In so ein Wetter bin ich auch noch nie reingeraten. Das war ja so, als würde man im Cabrio durch eine Waschanlage fahren.«

»Mit einem entscheidenden Unterschied«, betonte Nathalie. »Im Cabrio in einer Waschanlage haben Sie wenigstens keinen Hund neben sich, der Sie mit Schlammspritzern bombardiert.«

»Zumindest haben die drei Herrschaften ihren Spaß gehabt«, meinte die Köchin und deutete mit einer Kopfbewegung auf die kreuz und quer verdreht liegenden Pudel, deren Schnarchen von Zeit zu Zeit völlig synchron war, dann aber allmählich wieder aus dem Rhythmus geriet.

»Das können Sie laut sagen. Bestimmt haben die heute alles nachgeholt, was Sir Theodore ihnen seit Jahren verbietet.« Kopfschüttelnd betrachtete Nathalie die Bande.

»Was wollte eigentlich Rob Dinkmore?«, fragte Louise und versuchte gar nicht erst, unschuldig auszusehen.

»Er wollte wissen, ob ich damit einverstanden bin, dass er eine Kollegin mitbringt, damit sie sich die Wände ebenfalls einmal ansieht«, erklärte sie. »Diese Kollegin ist eine Chemikerin, die öfter für ihn arbeitet, wenn es darum geht, irgendwelche Objekte, die er restaurieren soll, von Farben und Lacken zu befreien. Sie liefert ihm spezielle Lösungen, die die Farbe entfernen, ohne den Untergrund anzugreifen. Ihm wäre es recht, wenn sie sich die Wände im Pub ansehen könnte. Er hofft, dass sie ihm irgendein Mittel zaubern kann, mit dem sich Putz ablösen lässt, ohne ihn abschlagen zu müssen. Das würde das Risiko minimieren, dass den Bildern etwas zustößt, sofern sie noch da sind.«

»Und dafür kommt er extra her? Hätte er nicht anrufen können? So als Geschäftsmann sieht man doch eigentlich zu, dass man unnötige Kosten vermeidet. Mindestens zwei Stunden Fahrt für Hin- und Rückweg, Benzin – und das alles für etwas, das man in zweieinhalb Minuten am Telefon erledigen könnte. Merkwürdig. Und sehr unrentabel.« Louise schaute nachdenklich drein, dann zog sie eine Augenbraue hoch. »Es sei denn natürlich, er wollte *Sie* sehen.«

»Wenn er das wollte, hat er sich dafür den denkbar schlechtesten Tag ausgesucht«, gab sie lachend zurück. »Schrecklicher als nach dieser Höllentour mit drei Pudeln kann ich gar nicht aussehen, und ausgerechnet dann muss er vor mir stehen.«

»Was ist daran so schlimm?«, fragte die Köchin mit unüberhörbar gespielter Ahnungslosigkeit. »Er soll doch nur seine Arbeit erledigen und Ihnen dafür nicht zu viel in Rechnung stellen. So unwichtig, wie es ist, ob Sie ihn für nett oder hinreißend halten, so unwichtig ist es, was er von Ihnen hält und wie Sie sich ihm präsentieren. So ist es doch, nicht wahr, Nathalie?«

»Ja. So und nicht anders«, gab die junge Frau knapp zurück.

Nach einer kurzen Pause fügte Louise dann aber hinzu: »Es sei denn ...«

»Es sei denn ... was?«, konterte Nathalie.

»Ach, nichts!«

Nathalie kniff die Augen zusammen und sah ihre Köchin auffordernd. »Ein ›Ach, nichts!‹ gibt es bei Ihnen nicht, Louise. So gut kenne ich Sie mittlerweile.«

Louise nahm im rechten Sessel Platz, da sie dafür nur ein Hundebein zur Seite schieben musste, nicht aber gleich einen halben Hund wie beim linken Sessel. »Wenn Sie mich so gut kennen, dann müssen Sie auch wissen, was ich nach dem ›Es sei denn‹ sagen wollte.«

Nach langem Schweigen atmete Nathalie tief durch und erwiderte: »Ja, ich weiß, was Sie sagen wollten. Aber es ist völlig egal, wer wen für interessant oder auch nicht interessant hält.«

»Wieso?«

»Weil es noch zu früh ist.«

Louise sagte nichts.

»Sie fragen nicht, wieso es überhaupt zu früh sein kann?«, wunderte sich Nathalie, als keine Reaktion kam.

Louise schüttelte den Kopf. »Nein. Ich hätte mir nämlich an dem Tag schon die Ohren zuhalten müssen, damit ich nichts mitbekommen konnte, als ich in der Küche stand und die Einkaufsliste zusammenstellte. Sie und Glenn haben sich zwar leise unterhalten, aber diese Räume haben eine ganze eigene Akustik. Was in einer Ecke getuschelt wird, kann in einer anderen Ecke laut und deutlich ankommen.«

»Oh.«

»Wenn Sie über dieses Thema hätten reden wollen, hätten Sie das schon gemacht«, sagte Louise ihr auf den

Kopf zu. »Dass Sie es nicht getan haben, respektiere ich, trotzdem möchte ich Ihnen beiden dafür gratulieren, wie vernünftig Sie miteinander umgegangen sind. Von Ihnen hätte ich auch gar nichts anderes erwartet, aber dass Glenn doch noch so einsichtig geworden ist, das … das lässt ihn in einem ganz anderen Licht dastehen.«

»Ja, das muss ich auch sagen«, stimmte Nathalie ihr zu. »Ich war sehr überrascht. Angenehm überrascht. Und froh darüber, dass nicht doch noch die Fetzen geflogen sind.« Sie seufzte leise. »Und genau deshalb ist es noch zu früh.«

»Und trotzdem stört es Sie, dass Rob Sie so gesehen hat.«

Nathalie verdrehte die Augen. »Wem würde es gefallen, bis auf die Haut durchnässt und mit Schlamm bespritzt dazustehen?«

Louise lächelte amüsiert. »Sie wissen, was ich meine. Aber zu einem anderen Thema: Haben Sie mit ihm etwas vereinbart, wann er mit dieser Chemikerin herkommt?«

»Ja, die beiden wollen versuchen, das gleich morgen früh zu erledigen, wenn im Pub noch Ruhe herrscht.«

»Okay, dann weiß ich Bescheid, für den Fall, dass Sie mit der Dreierbande unterwegs sein sollten.«

Gedankenverloren streichelte Nathalie einem der Pudel über den Kopf. Nachdem alle drei von ihr und Louise geföhnt worden waren, sahen sie immerhin wieder so aus, wie man es von einem Pudel erwartete.

»Ich habe übrigens eine kleine Überraschung für uns beide«, sagte Louise, nachdem sie beide sich eine Weile den schnarchenden Hunden gewidmet hatten. »Father Cochrane will mir eine Datei schicken.«

»*Father Cochrane?*«, wiederholte Nathalie ungläubig. »Er will Ihnen eine *Datei* schicken?«

Louise stutzte. »Was ist daran so ungewöhnlich?«

»Warten Sie. Wie alt ist er?«

»Sechsunddreißig, wieso?«

Nathalie winkte ab. »Okay, dann habe ich nichts gesagt. Es ist nur so, wenn ich an Geistliche denke, egal, in welcher Funktion, dann stelle ich mir immer Achtzigjährige und älter vor. Und da ist es zumindest aus meiner Erfahrung eher die Ausnahme, dass die einem Dateien schicken.«

»Tja, Father Cochrane bewegt sich da eindeutig in einer anderen Altersklasse«, meinte Louise. »Wenn Sie ihn kennenlernen …«

Mitten im Satz wurde Louise von einem Klopfen unterbrochen.

»Ja?«, rief Nathalie.

Die Tür ging einen Spaltbreit auf, Harold spähte herein. »Miss Ames, hier ist Besuch für Sie. Father Cochrane.«

Nathalie sah Louise verdutzt an. Fast hätte sie »wenn man vom Teufel spricht« gesagt, doch das wäre jetzt irgendwie unpassend gewesen.

»Schicken Sie ihn rein«, bat sie. Aus dem Korridor war Gemurmel zu hören, die Tür ging auf. Herein kam ein Mann, der auch noch für achtundzwanzig hätte durchgehen können. Ein Mann mit mittelblondem welligen Haar, das er etwas länger trug, als sie es von einem Geistlichen erwartet hätte. Genauso unerwartet, aber dazu passend, erschienen der Dreitagebart, ebenso das dunkelgraue T-Shirt und die schwarze Jeans.

»Sie müssen Miss Ames sein«, begann er, nachdem er Louise freundlich lächelnd zugewinkt hatte. »Ich bin Father Cochrane.«

»Father, bitte nehmen Sie doch … oh, entschuldigen Sie«, sagte sie, als sie sich umsah. »Ich hatte für einen Moment vergessen, dass Sir Theodores Pudel alles in Beschlag genommen haben.«

Der junge Geistliche hob abwehrend die Hände. »Das ist gar kein Problem. Ich kann mich auch gar nicht lange aufhalten, meine Schäfchen wollen noch gefüttert werden.«

»Ihre Schäfchen wollen ... gefüttert werden?«, wiederholte Nathalie verständnislos.

Louise zwinkerte dem jüngeren Mann zu. »Father, Sie sollten es ihr besser sagen, sonst bekommt sie vor lauter Grübelei die ganze Nacht kein Auge zu«, meinte sie lachend.

»Ich besitze eine kleine Schafherde, Miss Ames«, erklärte der Geistliche amüsiert, »sozusagen mein persönlicher Rasenmäher für das Kirchengrundstück. Die Süßen wollen heute noch etwas zu essen serviert bekommen.«

»Oh«, machte Nathalie. »Richtige, echte Schafe. Jetzt verstehe ich.« Sie schüttelte flüchtig den Kopf. »Ein Pfarrer, der Dateien verschicken und intelligente Witze reißen kann – so was hat mir in meiner Jugend wirklich gefehlt. Apropos Dateien verschicken: Was führt Sie zu uns?«

»Ach, mein Computer streikt«, sagte er achselzuckend. »Da Louise angedeutet hatte, dass diese Aufnahme wichtig sei, dachte ich, ich komme mal schnell vorbei und bringe Ihnen das hier.« Während er redete, hielt er einen USB-Stick hoch. »Das ist ein Mitschnitt von der Hundeausstellung, um den Louise mich gebeten hat.«

»Ein Mitschnitt von der Ausstellung?«, fragte Nathalie. »Das ist ja großartig. Wenigstens ist die Kamera keine Attrappe, und wir bekommen etwas von Sir Theodore zu sehen.«

»Da muss ich Sie enttäuschen, diese Kamera *ist* nämlich durchaus eine Attrappe.«

Verständnislos sah Nathalie den Geistlichen an. »Und was ist dann auf dem Stick?«

»Aufnahmen von den richtigen Kameras«, antwortete er. Louise nahm den Stick an sich, zog Nathalies Laptop heran und fuhr ihn hoch, dann schloss sie den Stick an.

»Diese andere Kamera«, fuhr Father Cochrane fort, »dient nur der Ablenkung. Das Dutzend Webcams, das ich im Saal verteilt habe, ist gar nicht zu erkennen. Jeder, der sich im Saal aufhält, aber nicht von der Kamera erfasst werden will, macht natürlich um deren Erfassungsbereich einen großen Bogen und spaziert damit genau vor die anderen Kameras. Das Ganze ist nötig geworden, nachdem bei verschiedenen zweitägigen Ausstellungen nachts eingebrochen worden war und nur die Stände leergeräumt worden waren, die sich außerhalb des Erfassungsbereichs der alten Kamera befanden.« Er sah in die Runde. »So, ich verabschiede mich dann mal. Sie beide werden ja damit erst einmal beschäftigt sein. Falls Sie etwas entdecken, was Sie mir auch anvertrauen dürfen, würde ich mich sehr freuen, eingeweiht zu werden.«

Nachdem er ihnen noch einen schönen Abend gewünscht hatte und wieder gegangen war, drehte Louise den Laptop so, dass sie beide den Bildschirm sehen konnten, und tippte auf das Symbol für den Player. »Dann wollen wir mal sehen, wer da dem guten Sir Theodore etwas untergeschoben hat.«

Die erste Kamera zeigte den Tisch von schräg vorn, der Saal war zu der Zeit noch leer. Parallel dazu lief die zweite Aufnahme mit, die den Tisch von schräg hinten erfasste. »Ich spule vor«, murmelte Louise. Es wurde heller im Saal, dann kamen die ersten Teilnehmer herein, manche setzten ihre Hunde auf den Tisch, andere ließen ihre wesentlich größeren Tiere allein auf den Tisch springen.

»Da ist Sir Theodore«, sagte Nathalie. »Und da sind seine drei Pudel, alle noch makellos weiß.«

Sir Theodore stellte einen Pilotenkoffer auf einen Beistelltisch, öffnete ihn und holte fast ein Dutzend Sprühflaschen heraus, die er nach einer ganz exakten Reihenfolge sortierte. Es folgten verschiedene Kämme und Bürsten, und dann begann eine schier unendliche Prozedur, bei der nacheinander jede der Flaschen zum Einsatz kam, während Sir Theodore mal hier, mal da dem Fell mit einem Kamm oder einer Bürste zu Leibe rückte.

Auch die anderen Teilnehmer gingen mit diesem Eifer ans Werk. Zumindest bei dieser Draufsicht auf die Tische war nicht zu erkennen, dass sich Konkurrenten miteinander unterhielten. Jeder blieb in seinem Bereich, niemand lief zu einem der anderen Tische. Hin und wieder eilte jemand aus dem Saal, nur um kurz darauf mit irgendeinem Gegenstand oder einem Behältnis zurückzukehren.

»Das sind wohl die Leute, die was in ihrem Wagen vergessen haben«, sagte Louise und zeigte auf einen der Teilnehmer, der soeben in die Halle kam und zu seinem Tisch eilte.

»Würde ich auch annehmen«, stimmte Nathalie ihr zu. »Sir Theodore scheint da gründlicher zu sein als die anderen. Jedenfalls sieht es so aus, als hätte er alles griffbereit.«

»Gleich müssten wir auftauchen«, stellte Louise fest, als sie auf die eingeblendete Zeit sah. »Und bislang hat sich niemand an Sir Theodores Sachen oder seinen Pudeln zu schaffen gemacht. Wenn da nicht bald etwas geschieht, muss ihm der Farbstoff untergeschoben worden sein, noch bevor er in den Saal gekommen ist.«

»Vielleicht sogar schon bei ihm zu Hause«, gab Nathalie zurück. »Oder jemand hat den Händler bestochen, damit er ihm das falsche Mittel verkauft. Wenn das der Fall sein sollte …«

»Dann werden die drei uns allen noch lange Gesellschaft leisten«, fügte Louise an. »Ah, da kommen wir herein.« Sie deutete auf den Bildschirm, wo sie zusammen mit Nathalie zu sehen war, wie sie gemeinsam den Saal betraten.

»Sir Theodore sieht schon wieder auf die Uhr«, stellte Nathalie fest. »Warum ist er auf einmal so nervös?«

»Weil es gleich darauf ankommt, eine gute Figur zu machen, um die Juroren zu beeindrucken.«

Nathalie schüttelte irritiert den Kopf. »Er kämmt noch immer hier und da ein bisschen herum, aber ansonsten scheint er fertig zu sein. Und trotzdem … da, schon wieder ein Blick auf die Uhr.«

»Jeder verarbeitet Nervosität auf seine Weise, Nathalie. Wenn er dafür immer wieder auf die Uhr sehen muss und es hilft ihm, dann ist dadurch niemandem ein Schaden entstanden«, erklärte ihr die Köchin, stutzte dann aber und fuhr den Mitschnitt um ein paar Minuten zurück. »Was macht er denn da?«

Es war deutlich zu sehen, dass Sir Theodore auf einmal in den Pilotenkoffer griff, eine weitere Sprühflasche herausholte und deren Inhalt sorgfältig auf dem gesamten Fell seiner drei Pudel verteilte. Dann stellte er das Behältnis zurück in den Koffer und sah wieder auf die Uhr. Danach geschah lange Zeit nichts, da Sir Theodore so wie die meisten anderen Teilnehmer nur noch darauf wartete, dass die Ausstellung eröffnet wurde und die Juroren sich auf den Weg von Tisch zu Tisch und von Hund zu Hund machten.

In der rechten oberen Ecke war ein Teil der Bühne zu sehen, dann waren lautere Stimmen zu hören, und auf einmal ging der Vorhang auf. Mayfields wütende Erwiderung auf Nathalies Bemerkung schallte durch den Saal, und alle drehten sich um. Augenblicke später rief Sir Theodore: »Meine Pudel! Meine Pudel sind blau!«

»Haben Sie das gesehen, Nathalie?«, fragte Louise. »Die Pudel haben sich innerhalb von Sekunden blau verfärbt!«

Nathalie nickte und erwiderte ungläubig: »Und niemand hat die Tiere angefasst! Was ist da passiert?«

»Jemand muss ihm das Mittel vorher untergeschoben haben, oder aber Sir Theodore hat selbst irgendeine verbotene Substanz benutzt, die sich in dieser separat gehaltenen Flasche befand. Und das war eine unbeabsichtigte Nebenwirkung, die durch die tausend anderen Substanzen im Fell seiner Pudel hervorgerufen wurde«, überlegte Louise.

»Und trotzdem hat er sofort angefangen, Mayfield zu beschuldigen«, sagte Nathalie und rieb sich übers Kinn.

»Der Mann wollte ihn schon letztes Mal loswerden, und wenn dann so etwas passiert, ist das von Sir Theodore eine ganz normale Reaktion. Es ist ja auch am wahrscheinlichsten, dass Mayfield irgendwas damit zu tun hat. Natürlich nicht unmittelbar, aber über diverse Helfershelfer, die er darauf angesetzt haben könnte, eines der Pflegemittel gegen irgendeine Substanz einzutauschen, die die Blaufärbung hervorruft.«

Nathalie ließ sich nach hinten sinken und streichelte gedankenverloren zwei Pudel. »Das heißt, diese Aufnahme hilft uns gar nicht weiter, weil wir keinen Hinweis finden können, der ausreichen würde, um Sir Theodores Unschuld zu belegen. Und wir haben auch keine Ahnung, wer der Täter ist.« Missmutig schüttelte sie den Kopf. »Also müssen wir die Familienzusammenführung noch ein wenig verschieben.«

Einer der Pudel hob den Kopf, gab ein leises »Wuff« von sich und legte sich gleich wieder hin.

»Ganz meine Meinung«, murmelte Nathalie an den Hund gerichtet, der die Augen bereits geschlossen hatte.

»Father Cochrane konnte mir noch einen Tipp geben«, sagte Louise. »Der hilft allerdings Sir Theodore nur bedingt weiter, aber immerhin gibt es Belege dafür, dass Mayfield sich bei vielen Leuten unbeliebt gemacht haben muss. Da war zum Beispiel ein gewisser Mr. Bingham aus Sheffield, der schon seit einer Weile versucht, eine eigene Hundeausstellung auf die Beine zu stellen. Mayfield hat alles unternommen, um diese Konkurrenzveranstaltung zu verhindern. Bingham wollte hier in Earlsraven eine Hundeshow veranstalten, und er hatte Father Cochrane auch ein gutes Angebot für die Saalmiete gemacht. Aber als Mayfield davon Wind bekam, hat er damit gedroht, sich mit allen Veranstaltungen aus unserem Saal zurückzuziehen, und das sind immerhin zwölf im Jahr.«

»So viele? Was veranstaltet er hier denn alles?«, fragte Nathalie erstaunt und setzte sich wieder gerader hin.

»Die Briefmarkentage, die Bierbörse, die halbjährliche Katzenausstellung, die Antikmesse und noch jede Menge mehr«, antwortete Louise. »Wenn das nicht stattfindet, entgeht unserer Gemeinde einiges an Steuereinnahmen, und die Kirche muss ohne die Saalmieten auskommen. Um das nicht alles auf einen Schlag zu verlieren, musste Father Cochrane das eigentlich bessere Angebot von Mr. Bingham ablehnen.«

»Hm«, machte Nathalie. »Dann würde Bingham ein toter Mayfield zugutekommen.«

»Ihm und einigen anderen Leuten, weil Mayfield eigentlich in Manchester zu Hause ist, solche Veranstaltungen aber überall im Land fest in seiner Hand sind … oder besser gesagt waren. Das ist ja jetzt möglicherweise hinfällig, wenn er keinen Nachfolger haben sollte.«

»Und Father Cochrane konnte mir auch noch von einer anderen schlechten Angewohnheit berichten, mit der sich Mayfield erst recht Feinde gemacht hat. Sicherlich noch mehr als mit diesem Quasi-Monopol für Hunde-ausstellungen und Co.«, fuhr Louise fort. »Ich weiß nicht, wie viele Immobilien dieser Mann besessen hat, je-denfalls hat er immer wieder Umbauarbeiten oder Reno-vierungen an diesen Gebäuden in Auftrag gegeben. Dann hat er das Gebäude an eine seiner Unterfirmen verkauft, diese Unterfirma ist pünktlich zur Fertigstel-lung in Konkurs gegangen, und die Handwerker wur-den dann ohne Geld davongejagt. Er hat danach sein ei-genes Gebäude für einen Spottpreis zurückgekauft, von dem dann nur noch ein paar Pfund an die Handwerks-betriebe gingen, sofern die nicht durch diese Aktion selbst schon das Handtuch geworfen hatten.«

Nathalie kratzte sich am Kopf. »Da kommen be-stimmt Dutzende Geschädigte zusammen, denen nichts lieber wäre als ein toter Mayfield. Aber das ist eine Nummer zu groß für uns und unseren Constable. Unse-re Erkenntnisse helfen zwar Sir Theodore, der damit de-finitiv nicht länger als einziger Verdächtiger dasteht, aber das genügt nicht als Argument, um ihn aus der Haft zu entlassen.«

Plötzlich kam Unruhe auf, da die drei Pudel sich gleichzeitig zu strecken begannen. Verschlafen schauten sie sich um, gähnten zwei- oder dreimal und … drehten sich dann auf die andere Seite, um gleich wieder einzu-schlafen.

»Wenn ich es nicht besser wüsste, würde ich ja ver-muten, dass die drei in Wahrheit ziemlich groß geratene Katzen mit Dauerwelle sind«, sagte Louise amüsiert. »Solche Schlafhunde habe ich noch nie erlebt.«

»Vergessen Sie nicht, wie lange wir mit den dreien heute unterwegs waren«, gab Nathalie zu bedenken. »Und es gab so viel Neues zu sehen und so viele fremde

Gerüche und Geräusche zu verarbeiten. Da wundert es mich nicht, dass sie jetzt so müde sind. Meine Befürchtung ist nur, dass sie dadurch heute Abend um elf Uhr wieder so putzmunter sind, dass sie die gleiche Runde noch einmal gehen wollen.« Sie zuckte unschlüssig mit den Schultern. »Oder sie bekommen Heimweh und werden die ganze Nacht nur bellen und mich und alle Gäste bis zum Morgengrauen wach halten.«

»Wir haben jetzt kurz vor sechs«, entgegnete die Köchin. »Ich tippe darauf, dass die drei spätestens um acht wieder putzmunter sind. Dann machen wir mit ihnen noch einen nicht ganz so ausgedehnten Spaziergang, und dann werden sie für den Rest der Nacht Ruhe geben.«

»Ihr Wort in Gottes Ohr – oder wer auch immer dafür zuständig sein mag.« Nathalie stand auf, da sie zumindest für den Moment nicht unter irgendwelchen Hundebeinen begraben lag, und ging zur Küche. »Ein Glas Wein?«, fragte sie Louise.

Die nickte dankbar. »Gern. Ich muss mich zwar auch noch mal irgendwann um die Küche kümmern, anstatt mich heute nur bedienen zu lassen ...«

»Morgen ist auch noch ein Tag, Louise«, sagte Nathalie und verschwand durch die Tür, um Minuten später mit einer Flasche Rotwein und zwei Gläsern ins Wohnzimmer zurückzukehren. Sie schenkte den Wein ein und setzte sich wieder zwischen die Pudelmeute, die ihr ihren Platz freundlicherweise frei gehalten hatte.

»Mir ist gerade eben noch etwas eingefallen«, begann Nathalie, nachdem sie einen Schluck Wein getrunken hatte. »Als ich Mayfield auf der Bühne auf dieses illegale Beruhigungsmittel ansprechen wollte, da erwiderte er, ich solle nicht auch so anfangen wie meine Tante. Das war eine direkte Reaktion auf das Problem mit dem Medikament, aber es hörte sich danach an, als hätte Tante Henrietta nur einen Verdacht gehegt, über den sie mit ihm reden wollte. Ich hatte das unerfreuliche Glück, diesen Dreck für meinen Fantasiehund regelrecht angeboten zu bekommen, aber meiner Tante war wohl nur etwas in der Richtung zu Ohren gekommen.«

Louise hob die Hände an und zog eine bedauernde Miene. »Ich wünschte, ich wüsste etwas darüber, aber sie hat mich nicht in diese Sache einbezogen. Und falls sie etwas zu mir gesagt hat, dann muss es eine so vage Andeutung gewesen sein, dass ich in dem Moment nicht geschaltet habe, um was es ihr wirklich ging.« Louise machte eine vage Geste und fügte hinzu: »Ich meine, wir haben ganz sicher nicht über jedes Detail geredet, das sich in ihrem und in meinem Leben abgespielt hat. Ich kann nur vermuten, dass sie nichts gesagt hat, weil sie selbst nichts Konkretes wusste. Vielleicht wollte sie erst noch selbst ein paar Fakten zusammentragen, bevor sie damit zu mir gekommen wäre.«

»Ja, das passt zu meiner Tante«, stimmte Nathalie ihr zu. »Ich frage mich nur, warum sie sich dann überhaupt an Mayfield gewandt hat.«

»Wahrscheinlich ein Bluff, um den Mann aus der Reserve zu locken«, überlegte die Köchin. »Um zu sehen, auf welcher Seite er stand. Wenn er bei Ihnen so heftig reagiert hat, weil Sie *auch* mit dem Thema angefangen haben, wird es ihm sicher nicht gefallen haben, dass Ihre Tante ihn auf so etwas ansprach. Für Ihre Tante war damit klar, wo seine Interessen liegen und wer ihm völlig egal ist – nämlich die Hunde.«

Nathalie schürzte die Lippen. »Sie muss sich aber doch irgendetwas dazu notiert haben.«

»Davon bin ich überzeugt, aber ich habe eine solche Notiz nicht gesehen«, beteuerte Louise. »Entweder hat

Henrietta sie ohne mein Zutun ins Archiv gebracht und, mit den passenden Schlagwörtern versehen, abgelegt, oder sie hatte irgendwo eine separate Ablage für solche Vorgänge, die sie mit mir nie besprochen hatte.«

»Wir sollten nachsehen«, meinte Nathalie, blieb aber sitzen.

»Ja, das sollten wir«, fand auch die Köchin. »Aber nicht jetzt und auch nicht später am Tag. Der kleine Spaziergang im Regen war zwar harmlos im Vergleich zu den Märschen, die ich in meiner aktiven Zeit zurücklegen durfte, aber da war ich auch noch viel, viel jünger. So allerdings möchte ich den Rest des Abends am liebsten gar nichts tun.«

»Dagegen habe ich eigentlich überhaupt nichts einzuwenden«, pflichtete Nathalie ihr bei. »Aber auch wenn Sir Theodore heute Abend ganz sicher nicht mehr entlassen wird, selbst wenn wir Constable Strutner einen unwiderlegbaren Beweis für seine Unschuld vorlegen würden, sollten wir möglichst bald mit zwei Leuten reden, die uns vielleicht noch einen Tipp geben könnten, wer der wahre Täter ist.«

»Zwei Leute?«, gab Louise verwundert zurück. »Welche zwei Leute?«

»Meine beiden Mitjuroren. Die waren letztes Jahr sehr wahrscheinlich dabei, als Tante Henrietta Mayfield gegenüber das Thema illegale Medikamente angesprochen hat.«

Louise sah auf die Uhr. »Na ja, früh genug wäre es noch, um heute Abend mit den beiden zu reden. Aber … dann müssen wir jetzt noch mal raus?«

Nathalie seufzte leise. »Wir tun es ja für einen guten Zweck. Obwohl … ich hätte da eine Idee. Wir rufen die beiden an und laden sie in den Pub ein, ich spendiere ihnen ein Abendessen. Megan oder Cathy soll die zwei abholen und nachher wieder nach Hause bringen, und wir unterhalten uns mit ihnen über Mayfield und die Hunde und den ganzen Rest.«

»Solange ich keinen Schritt aus dem Haus tun muss, bin ich dabei«, erklärte Louise. »Und ich werde die zwei sogar anrufen, wenn Sie nichts dagegen haben. Ich kenne die schon so lange, da bekomme ich sie vermutlich leichter überredet, falls sie sich zieren sollten.« Eine halbe Stunde später saßen sie mit den beiden Juroren Arthur Heywood und Valery Bentley an einem der hinteren Tische im Pub. Einer der Kellner hatte soeben jedem ein Bier serviert und die Bestellung der zwei Gäste aufgenommen.

»Das ist sehr nett von Ihnen, dass Sie sich so kurzfristig noch Zeit nehmen konnten«, sagte Nathalie.

»Heutzutage ist das Fernsehprogramm so schlecht, da bin ich froh, wenn ich mal rauskomme und was anderes sehe«, erwiderte Mrs. Bentley, während sie die Speisekarte begutachtete.

»Ich sehe nur noch über das Internet fern«, ergänzte Heywood. »Da bin ich sowieso von allen Zwängen befreit.«

Nathalie nickte und lächelte ihn anerkennend an. »Es ist bewundernswert, dass Sie so mit der Zeit gehen, Mr. Heywood.«

»Nur so bleibt man jung im Kopf«, erwiderte er. »Man muss den Verstand immer beschäftigen, und zwar mit neuen Dingen, dann bleibt man auch geistig fit.«

»Ich bin auch ohne den Computerkram immer noch geistig fit«, hielt Mrs. Bentley dagegen. »Solange ich mir das Denken nicht von einem kleinen Kasten abnehmen lasse, ist für mich die Welt in Ordnung. Aber kommen wir doch mal zum eigentlichen Thema. Sie wollten mit uns über Mr. Mayfield reden?«

»Ja«, sagte Nathalie und kratzte sich unschlüssig am Kopf. »Sehen Sie, es geht in erster Linie um meine Tante, Henrietta Wilkeson. Sie war ja vor mir Mitglied …«

»Ja, ja, die ›Frau aus dem Volk‹«, murmelte Heywood und sah gleich darauf Nathalie erschrocken an. »Verzeihen Sie, Miss Ames, das war nicht gegen Ihre Tante gerichtet, sondern gegen Mayfield. Nachdem er die Veranstaltung übernommen hatte, war er mit dieser Idee angekommen, den dritten Fachjuror herauszunehmen und stattdessen jemanden ›aus dem Volk‹ zu nehmen.«

»Sein Argument war, dass normale Besucher nicht nachvollziehen können«, fügte Mrs. Bentley hinzu, »wie Bewertungen zustande kommen. Also sollte das Publikum eine Art Bezugsperson bekommen, die genau so urteilte und sagte: *Ach, der Hund sieht aber süß aus.* Dass das Fell aber eine Färbung hatte, die es gar nicht haben durfte, interessierte zwar uns, aber nicht den dritten Juror.« Die Frau verzog missbilligend den Mund.

»Ich kann Ihnen anmerken, dass Ihnen das nicht gefallen hat«, sagte Nathalie verhalten.

»Natürlich nicht«, bestätigte Heywood und legte die Speisekarte zur Seite. »Das ist so, als würde man bei einem Hundertmeterlauf sagen, dass Jimmy Smith zwar der schnellste war, dass Billy Jones aber eleganter gelaufen ist und er deswegen zum Sieger erklärt wird.« Er schüttelte frustriert den Kopf. »Wie gesagt, unsere Verärgerung richtet sich nicht gegen Ihre Tante, die sich übrigens große Mühe gegeben hat, sich bei ihrer Punktevergabe an unsere fachlichen Urteile zu halten.«

»Aber was war im letzten Jahr?«, fragte Nathalie, während Louise nur dabeisaß und zuhörte. »Als ich Mayfield auf dieses Mittel, *EazyDreem*, ansprach, sagte er sehr aufgebracht, dass meine Tante ihn letztes Jahr bereits mit dem Thema genervt hätte. Ich habe gesehen, dass Sie beide mich wohl noch in letzter Sekunde davon abhalten wollten, mit ihm zu …«

»Ja, Miss Ames«, bestätigte Mrs. Bentley. »Wir wollten Sie davon abhalten, das Thema zu erwähnen, weil wir wussten, dass Mayfield dann wieder durchdrehen würde. Nachdem Ihre Tante sich mit ihm angelegt hatte, haben wir alle auffälligen Tiere notiert und die Daten an das zuständige Regionalbüro weitergeleitet, damit dort jemand der Angelegenheit nachgeht.«

»Ich nehme an, da ist bislang aber noch nichts passiert, oder?«, fragte Nathalie.

»Da regiert die Bürokratie wie überall«, sagte Heywood und machte eine hilflose Geste.

»Ihre Tante hatte uns auf ihre Beobachtung aufmerksam gemacht«, redete Mrs. Bentley weiter. »Aber es war eben *nur* eine Beobachtung gewesen, die nicht als Beweis ausgereicht hätte, um den Handel damit zu belegen.«

Nathalie schaute vor sich auf den Tisch. »Verstehe. Und als ich Mayfield darauf ansprach, dachte er wohl, ich würde nur nachplappern, was meine Tante gesagt hatte.«

»Wenn Ihnen eines dieser Mittel tatsächlich angeboten worden ist, hätten Sie wohl besser erst eine Packung gekauft, um Mayfield dann damit zu konfrontieren.«

»Na ja, wenn ich gewusst hätte, dass meine Tante schon einen erfolglosen Versuch unternommen hatte, wäre das vermutlich sinnvoller gewesen«, musste Nathalie einräumen. »Das heißt, mehr als das, was Sie letztes Jahr mitbekommen haben, wissen Sie auch nicht über die Angelegenheit?«

»Nein«, antwortete Heywood, während er und Mrs. Bentley gleichzeitig den Kopf schüttelten. »Wir haben uns notiert, was Ihre Tante beobachtet hatte, und das weitergeleitet.«

»Könnten Sie sich denn vorstellen, wer etwas mit Mr. Mayfields Tod zu tun haben könnte?«, warf Louise ein.

»Auf jeden Fall nicht der arme Sir Theodore!«, erklärte Mrs. Bentley mit Nachdruck. »Für den Mann lege ich meine Hand ins Feuer!«

Louise musste sich ein Grinsen verkneifen, als sie sah, wie entrüstet die alte Dame auf die Unterstellung reagierte.

»Das sehen wir ganz genauso«, machte Nathalie ihr klar. »Aber haben Sie irgendeinen Streit zwischen Mayfield und anderen mitgehört? Hat ihm vielleicht jemand gedroht? Gab es irgendwelchen Ärger, von dem Sie etwas mitbekommen haben? Oder hat Mayfield mal irgendetwas gesagt?«

Beide Juroren starrten nachdenklich vor sich hin und schüttelten schließlich unabhängig voneinander den Kopf.

»Nein, Mr. Mayfield war zwar ganz sicher nicht der sympathischste Mann, den ich je kennengelernt habe«, antwortete Mrs. Bentley, »aber von dieser Szene mit Ihrer Tante abgesehen haben wir nie etwas mitgekriegt. Falls er mit jemandem Ärger hatte, dann ist das alles hinter den Kulissen abgelaufen.«

»Er hat sich auch nie etwas anmerken lassen«, ergänzte Heywood. »Abgesehen von dem Zwischenfall mit Ihrer Tante und seinem ... wie sagt man ... Ausraster, als Sie ihn auch noch auf die Sache mit den Medikamenten angesprochen haben, war er immer die Ruhe und Freundlichkeit in Person.«

»Hatten Sie denn das Gefühl, dass ihn dieses ›Hundedoping‹ überhaupt beschäftigte?«, wollte Louise wissen. »Oder waren da eventuell auch Eigeninteressen im Spiel – dass er von dem illegalen Handel profitiert hat oder Ähnliches?«

Heywood zuckte mit den Schultern. »Es hat ihn nicht gekümmert, davon bin ich fest überzeugt. Er war nur der Veranstalter, den das Geld interessiert hat. Ob es nun eine Hundeausstellung war oder eine Esoterikmesse, das war ihm einerlei. Ich hatte nie den Eindruck, dass er für Hunde überhaupt etwas übrighatte.«

Nathalie nickte. »Okay, dann danke ich Ihnen, dass Sie sich die Zeit genommen haben …«

»Wir hätten Ihnen gern weitergeholfen«, beteuerte Mrs. Bentley.

»Sie haben uns weitergeholfen, Mrs. Bentley«, beteuerte Louise. »Natürlich ist es immer praktisch, wenn jemand die Namen von drei Verdächtigen zu bieten hat. Aber es hilft auch weiter, wenn man weiß, dass man in eine bestimmte Richtung gar nicht weitersuchen muss. Die Zeit, die man dadurch einspart, kann man woanders umso besser einsetzen. Nochmals danke.«

»Wir haben zu danken«, entgegnete Mrs. Bentley, »nämlich für das, was wir gleich Leckeres essen werden.« Sie lächelte spitzbübisch, als Louise und Nathalie aufstanden, gerade als die Kellnerin an den Tisch kam, um die Bestellung aufzunehmen.

Auf dem Weg zum Büro hatte Nathalie das Gefühl, dass diese Bestellung ziemlich üppig ausfallen würde. Aber das war es wert, immerhin hatten sie sich den Weg zu den beiden nach Hause sparen können.

Achtes Kapitel, in dem die Wahrheit über die blauen Pudel ans Licht kommt

»Ich bin fündig geworden«, lauteten Nathalies erste Worte, als Louise am Montagmorgen in ihr Büro kam.

»Ich wünsche auch einen guten Morgen«, gab die Köchin ironisch zurück. »Und den blauen Herrschaften ebenfalls«, fügte sie hinzu und lächelte die Pudel an, die sich vor Nathalies Schreibtisch hingesetzt hatten, um sie aufmerksam zu beobachten. »Haben die Herren schon gefrühstückt?«

»Oh ja, alles bereits erledigt, und heute früh um sechs bin ich mit ihnen Gassi gegangen«, antwortete Nathalie.

»Um sechs? Freiwillig oder …?«, begann die ältere Frau.

»Was glauben Sie denn?« Nathalie zuckte lächelnd mit den Schultern. »Die Jungs haben mich regelrecht aus dem Bett gezerrt, weil sie rauswollten.«

»Sie Ärmste. Dann haben Sie wohl die Zeit danach genutzt, um fündig zu werden.«

»Richtig. Und zwar habe ich einen Ordner entdeckt, der Vorgänge beinhaltet, die meine Tante irgendwann zwischendurch notiert und dann mit dem Vermerk versehen hatte, später mit Ihnen darüber zu reden.«

»Tatsächlich? Wo hat der denn gestanden?«

Nathalie zeigte auf den Aktenschrank gegenüber ihrem Schreibtisch. »Sehen Sie die Lücke da? Da hat er gestanden. Er ist mit *Privat* beschriftet.«

»Aah«, machte Louise. »*Der* Ordner ist das! Dann weiß ich Bescheid. Den kenne ich, aber in den habe ich nie einen Blick geworfen, eben weil er als privat gekennzeichnet ist.«

»Das ehrt Sie, Louise, ganz ehrlich«, versicherte ihr Nathalie. »Und es zeigt, dass meine Tante Ihnen vertraut hat, sonst hätte sie ihn irgendwo in der Wohnung deponiert.« Sie tippte auf den Ordner, der vor ihr auf dem Tisch lag. »Alle diese Vorgänge sind mit einem Vermerk in Rot versehen, wenn es Sie betrifft. Da heißt es *L. fragen, ob …* oder *Mit L. besprechen, sobald …* Soweit ich das überblicken kann, hat sie den Ordner auch regelmäßig auf den neuesten Stand gebracht, denn der einzige Punkt, der akut gewesen wäre, betrifft die Hundeausstellung. Sie hat hier notiert, dass sie vor der nächsten Ausstellung … also der, die jetzt gerade gelaufen ist … mit Ihnen über das Medikament *EazyDreem* reden wollte. Notiert hat sie dazu noch: *Wirkung? Wieso verboten? Schwarzmarkt? Preise?*«

»Und dann hat ihr der Tod in die Suppe gespuckt«, warf Louise ernst ein. »Ja, das klingt nach einem Auftrag für mich. Also war sie an der gleichen Sache dran, auf die Sie jetzt gestoßen sind.«

»Nur dass sie keine konkreten Hinweise hatte, sondern lediglich Andeutungen von einzelnen Teilnehmern der Ausstellung. Sonst hätte sie sicherlich notiert, wen sie im Verdacht hat.«

Die Köchin nickte nachdenklich. »Ja, Henrietta war da wirklich sehr vorsichtig. Sie hat auch nie weitergetragen, was jemand ihr über einen Dritten gesagt hat. Sie hat es im Archiv aufgenommen, damit es dokumentiert ist, und sie hat nur mich darauf angesprochen, ob ich nachforschen könnte, inwieweit an einer Sache etwas dran war oder nicht.« Louise schürzte die Lippen. »Mehr haben Sie nicht gefunden?«

»Jedenfalls nichts, was die Hundeshow an sich betrifft.«

»Sondern?«, hakte Louise prompt nach. »Irgendetwas Interessantes?«

»Interessant ja, aber ob es uns und vor allem Sir Theodore hilft, steht auf einem anderen Blatt«, begann Nathalie, fuhr sich mit einer Hand durch die Haare und begann zu blättern. »Und zwar geht es um Mason Mayfield. Meine Tante hat hier eine dicke Broschüre abgeheftet, die angeblich tausend todsichere Tipps zur Geldanlage enthält. Sie hat darauf notiert, wann sie sie von Mayfield überreicht bekommen hat. Dazu gibt es noch seitenlange Beispielberechnungen, mit wie viel investiertem Kapital welche Gewinne erzielt werden können. Ich bin kein Finanzgenie, aber selbst mir ist klar, dass man nirgendwo dreißig Prozent Zinsen ausgezahlt bekommt. Meine Tante hat hier und da Kommentare an den Rand geschrieben, und ganz obenauf liegt eine Liste mit sechs Namen und dem Hinweis: *L. fragen, wie viel sie investiert und verloren haben.*« Sie zeigte auf die Notiz. »Das hat sie im Januar aufgeschrieben. Vermutlich war das nichts Dringendes, sondern eher etwas Grundsätzliches, sonst hätte Tante Henrietta Sie bestimmt noch im Januar darauf angesprochen, Louise.«

»Und jetzt ist daraus etwas Dringendes geworden«, meinte Louise und stellte sich hinter die geduldig dasitzenden Pudel, um sie abwechselnd zu streicheln. »Wir sollten uns die Namen vornehmen und das herausfinden, was Henrietta wissen wollte.«

»Da werden Sie wohl Ihre Beziehungen spielen lassen müssen«, meinte Nathalie.

»Es geht um angelegte Gelder«, erwiderte Louise auffallend zurückhaltend. »Ehrlich gesagt könnten wir da wohl leichter eine Antwort bekommen, und dazu auch noch eine fachlich fundierte Beurteilung dieser Anlage, wenn Sie ...«

»Glenn?«, fragte Nathalie, als die ältere Frau weiter zögerte.

Louise nickte. »Ich fürchte, ja.«

Nathalie machte eine flüchtige Geste. »Wieso fürchten Sie? Das ist doch nicht schlimm.« Sie lächelte ein wenig wehmütig. »Ich hätte mir zwar gewünscht, frühestens in ein paar Wochen oder Monaten wieder mit ihm reden zu müssen, aber ...«

»Ich würde Ihnen das ja gern abnehmen, Nathalie«, sagte Louise leise. »Aber ich werde ihm erst im Detail erklären müssen, wer ich bin, und dann wird er trotzdem wieder Loretta oder Julia oder was auch immer zu mir sagen. Wir alle mitsamt dem Black Feather sind ihm eigentlich völlig egal, und deswegen glaube ich nicht, dass er sich meinetwegen mit der Sache befassen würde. Ihnen fühlt er sich nach wie vor verbunden, da haben wir bessere Chancen.«

»Ja, ich weiß. Ich glaube aber, dass ich ihm erst eine Mail schicken werde, ob das für ihn okay ist.«

Louise ging in die Hocke, um auf Augenhöhe mit den Pudeln zu sein, die sie daraufhin interessiert betrachteten und sich weiter streicheln ließen, was sie auch sichtlich genossen. »Und wenn er nicht helfen will, dann werde ich mich umhören, was in der Angelegenheit herauszufinden ist.«

»Wir können auch …«

»Miss Ames, da ist Besuch für Sie«, wurden sie von Cathy Morrow unterbrochen, die in der Tür auftauchte. »Mr. Dinkmore mit Begleitung. Er sagt, Sie wüssten Bescheid.«

»Und damit hat er auch recht«, erwiderte Nathalie. »Sagen Sie ihm, Cathy, dass ich sofort für ihn da sein werde.«

»Alles klar«, rief ihre Angestellte und eilte zurück in den Pub.

»Die Mail an Glenn erledige ich gleich danach«, erklärte Nathalie und stand auf. »Bringen wir erst mal das hinter uns.«

»Richtig, umso schneller sucht Rob Dinkmore wieder das Weite, nicht wahr?«, kommentierte Louise und zwinkerte ihr verschmitzt lächelnd zu.

»Vorsicht, Louise«, ermahnte Nathalie die Köchin des Hauses, konnte sich aber ein Lächeln nicht verkneifen.

An der Tür angekommen, drehte sie sich zu den Pudeln um, die immer noch wie angewurzelt vor dem Schreibtisch saßen, ihr aber hinterherschauten. »Ihr drei benehmt euch«, ließ sie die Tiere wissen. »Ihr fresst keine Unterlagen auf, ihr bringt nichts durcheinander, und kommt ja nicht auf die Idee, euch eine Zigarette anzuzünden. Das da oben ist ein Rauchmelder, der sofort anschlägt, wenn ihr in meinem Büro zu rauchen gedenkt.«

Die Pudel ließen sich von ihren Worten nicht beeindrucken, sie schauten sie einfach weiter an.

»Ich glaube, Sie haben die drei jetzt genug eingeschüchtert«, ging Louise dazwischen und zog die Tür zum Büro hinter sich zu. »Wenn die drei Kerle traumatisiert zu Sir Theodore zurückkehren, bekommen Sie eine Menge Ärger mit ihm.«

Lachend gingen die beiden Frauen nach vorn zum Pub, wo Rob Dinkmore neben einer Frau mit feuerroten hochtoupierten Haaren stand. Beide hatten ihnen den Rücken zugewandt, da sie sich die Wand gleich neben dem Eingang ansahen.

»Guten Morgen, Rob«, sagte Nathalie, woraufhin sich der Mann zu ihr umdrehte und sie mit strahlender Miene und leuchtenden Augen ansah. Sofort fühlte sie sich wieder in seinen Bann gezogen, obwohl er nichts weiter getan hatte, als sie anzuschauen. Die Frau neben ihm war von zierlicher Statur, ihr Gesicht war schmal, der Teint blass, was ihre roten Haare nur noch intensiver leuchten ließ.

»Guten Morgen, Nathalie, Louise«, antwortete er und nickte beiden zu. »Das ist Helen Camp, die Chemikerin, von der ich gesprochen habe. Wir haben uns gerade eben schon mal ein Stück Wand angesehen und ... ähm ...« Er sah die junge Frau auffordernd an.

»Also, ich müsste erst einmal zur Probe an eine Stelle kommen, die nicht so auffällig ist, und dort die verschiedenen Schichten Farben abtragen, um zu analysieren, wie die sich zusammensetzen«, erklärte sie. »Wenn ich die Zusammensetzung kenne, kann ich eine Lösungsflüssigkeit mischen, die nur diese eine Schicht ablöst, aber alles, was sich darunter befindet, in Ruhe lässt. Mit der nächsten Schicht würde ich dann genauso verfahren, bis wir irgendwann so weit vorgedrungen sind, dass die Lage erreicht ist, auf der sich die Malereien befinden.«

»Sofern die überhaupt da sind«, wandte Nathalie ein.

»Das wird sich dann noch zeigen«, stimmte Helen ihr zu.

»Es gibt aber doch Methoden, so etwas mit einer CT oder einer MRT festzustellen, oder?«, schaltete sich Rob ein.

»Was kein preisgünstiges Vergnügen sein dürfte«, sagte Nathalie.

»Das ist richtig«, bestätigte die junge Frau. »Aber ich kann Ihnen auch noch nicht sagen, wie teuer es kommt, wenn wir die Wände nach meiner Methode freilegen. Das hängt davon ab, wie viele Lagen Farbe da zusammenkommen, wie dick die aufgetragen wurden, wie viel Aufwand damit verbunden ist, die Lösungstinktur zu mischen ... Und wenn natürlich noch die Ungewissheit dazukommt, ob die Malereien überhaupt vorhanden sind ...« Sie hob unschlüssig die Schultern. »Ich würde mich freuen, so etwas in Angriff zu nehmen, weil das wirklich eine Herausforderung wäre, aber ich kann auch verstehen, wenn Sie sich dagegen entscheiden.«

Nathalie stand da und schaute die kahlen Wände an, dabei stellte sie sich vor, wie viel schöner sie mit den Malereien aussehen würde. Dem stand aber vermutlich eine Rechnung gegenüber, die sich womöglich nie rentierte, weil niemand sagen konnte, wie viele Gäste überhaupt davon Notiz nehmen würden.

»Warum machst du ihr nicht den anderen Vorschlag?«, fragte Rob plötzlich.

»Weil das nur so dahingeredet war«, gab Helen zurück.

»Du redest nie nur so dahin«, hielt er dagegen.

»Was für ein Vorschlag?«, wollte Nathalie wissen und beugte sich vor.

Helen schüttelte den Kopf, wodurch ihre Frisur förmlich ins Wanken geriet. »Ich weiß nicht, ob das überhaupt infrage kommt.«

»Lassen Sie das doch einfach mich entscheiden«, schlug Nathalie lächelnd vor.

Helen zierte sich immer noch, woraufhin Rob helfend in die Bresche sprang. »Helen hat neben Chemie auch noch Kunst studiert und hat mir unterwegs erzählt, dass sie diese alten Gemälde problemlos von den Fotos kopieren und hier an den Wänden aufmalen könnte.«

»Ist das wahr?«, fragte Nathalie begeistert.

»Ja … nein … vermutlich«, murmelte Helen, die einen roten Kopf bekommen hatte.

»Von wegen *vermutlich*«, widersprach ihr Rob. »Du weißt, dass du das kannst.«

»Und das würde so aussehen, als wären es Bilder aus dem 19. Jahrhundert?«, hakte Nathalie nach.

»Das ist kein Problem«, erklärte Helen und war wie ausgewechselt, wohl, weil jetzt wieder ihr Fachwissen, aber nicht ihre künstlerische Ader Thema war. »Es existieren Analysen der damals verwendeten Farben, es gibt zahlreiche Farbfotos von gut erhaltenen Motiven, die die genauen Nuancen erkennen lassen.«

»Also gut, dann mache ich Ihnen einen Vorschlag, Helen«, entschied Nathalie spontan. »Sie liefern mir ein Bild, so wie es nachher auch an der Wand aussehen würde, und ich bekomme zwei oder drei Skizzen der übrigen Wandgemälde, die man auf den Fotos nicht mehr so gut erkennen kann. Wenn mir das gefällt, dann können Sie sich als Künstlerin an den Wänden hier austoben. Über den Preis werden wir uns bestimmt einig werden. Was sagen Sie?«

»Ich hoffe, du sagst das Richtige, Helen«, ermahnte Rob sie.

»Natürlich werde ich dafür sorgen, dass die Presse davon erfährt, auch die überregionale«, versprach ihr Nathalie. »Die Leute sollen schließlich nicht nur Gefallen an den Wandmalereien finden, sondern auch etwas über die Künstlerin erfahren können, die dafür verantwortlich ist.«

Helen winkte verlegen ab. »Als Künstlerin würde ich mich nicht bezeichnen, wohl eher als Kunststudentin, die keine Lust hatte, zur Abschlussprüfung zu erscheinen.«

»Keine Lust?«, wiederholte Louise und zog dabei eine Augenbraue hoch.

»Ja, wirklich«, beteuerte die junge Frau. »Ich hätte die Prüfung bei dem Professor ablegen müssen, mit dem ich mich drei oder vier Semester lang immer nur gestritten hatte. Ich sah keinen Sinn darin, Werke von Künstlern zu interpretieren, die selbst nie ein Wort darüber haben verlauten lassen, was die eine oder andere Arbeit zu bedeuten hat. Und erst recht sah ich keinen Sinn darin, mit einer schlechten Note dazustehen, nur weil meine Interpretation nicht der meines Professors entsprach. Nach dem ständigen Streit mit ihm stand für mich fest, dass er mich bei der Prüfung durchfallen lassen würde.«

»Kann ich gut verstehen«, entgegnete Nathalie mitfühlend, war aber für einen Moment abgelenkt, da sie glaubte, aus dem Flur ein Geräusch zu hören. Sie konnte es nicht zuordnen, da es zu leise war. Außerdem war sie gleichzeitig zu sehr auf das konzentriert, was Helen zu erzählen hatte, zumal sie sich an ihre Schulzeit erinnert fühlte, als sie im Englischunterricht bei Interpretationen von Gedichten und Geschichten auf einen ganz ähnlichen Widerstand gestoßen war.

Plötzlich nahm sie rechts und links von sich huschende Bewegungen wahr. Ehe sie begriff, was es damit auf sich hatte, stellten sich zu ihrer Rechten zwei Königspudel auf die Hinterbeine und stützten sich an der Theke ab. Der dritte zwängte sich links von ihr zwischen sie und Louise, die von der Aktion genauso überrumpelt wurde.

»Was ist denn das?«, fragte Rob verwundert.

»Das … das sind drei Königspudel, die als neue Besetzung für die *Blue Man Group* vorsprechen wollen«, antwortete Louise und grinste breit in die Runde.

Ehe Nathalie die wirkliche Erklärung folgen lassen konnte, sagte Helen in ungläubigem Tonfall: »Das ist doch *mein* Blau! Der Kerl hat die armen Hunde eingefärbt? Das kann doch nicht wahr sein!«

»Ähm … wie bitte?«, entfuhr es Nathalie. »Wieso *Ihr* Blau?«

»Ach, da war so ein Typ«, schnaubte die Rothaarige, »der bei mir ein Mittel bestellt hat, um Haare blau zu färben, allerdings mit einer ›eingebauten‹ Verzögerung – so möchte ich das mal nennen. Als er mit mir darüber redete, hatte ich den Eindruck, dass er irgendwelchen Kollegen oder Verwandten einen lustigen Streich spielen wollte, indem er sie unauffällig damit einsprühte. Nach einer Weile wären dann die Haare blau geworden, ohne dass jemand dahintergekommen wäre, wer dafür verantwortlich sein könnte. Das sollte ein Scherz sein, von der Einfärbung von Tierfellen war nie die Rede gewesen.«

»Wann war das?«, fragte Louise, die so wie Nathalie hellhörig geworden war.

»Ungefähr vor … na, ich glaube, es war vor nicht ganz drei Wochen, als er zu mir kam und mir erklärte, was er haben wollte. Und vor etwas mehr als einer Woche hat er die Lösung dann abgeholt.«

»Hat er Ihnen einen Namen genannt?«, hakte Nathalie nach.

»Ja, ein Mr. …«, begann sie und stöhnte auf. »Mr. Jones. Dass ich darauf hereingefallen bin!«

»Sie konnten doch nicht damit rechnen, dass er Ihnen einen falschen Namen nennt«, widersprach Nathalie.

»Ja, stimmt, aber das hat er nicht gemacht. Er bestellte und holte das Mittel ab, dabei hat er bezahlt. Und das war's. Dann ist er gegangen.«

»Müssen Sie nicht solche Dinge wie seine Adresse notieren?«, wunderte sich Nathalie.

»Nicht, wenn es völlig harmlose Substanzen sind, was für diese Flüssigkeit auch gilt. Sie ist nicht giftig, sie ätzt nicht, sie kann nicht als Grundlage für Sprengstoff verwendet werden.«

»Sie ist also nicht für Menschen gefährlich«, sagte Louise. »Aber was ist mit Tieren? Sie haben sich eben so sehr über die blauen Pudel aufgeregt. Sind sie in Gefahr?«

»Nicht durch mein Spray«, versicherte Helen ihr. »Es geht mir nur darum, dass man so etwas nicht mit einem Tier macht. Das … das *macht* man einfach nicht!«

»Könnten Sie uns diesen Mr. Jones beschreiben?«, fragte Louise. »Wir suchen nämlich ganz dringend nach diesem Mann, der die Pudel eingefärbt hat.«

Helen winkte ab. »Oh Gott, bloß nicht. Wenn ich Robbie Williams für einen Phantomzeichner von der Polizei beschreiben würde, käme E.T. dabei raus.«

»Nicht mal grob? Haarfarbe, Größe … irgendetwas in der Art?«, versuchte Nathalie ihr Glück.

Die junge Frau schüttelte den Kopf. »Ich könnte ihn höchstens selbst zeichnen.«

»Was?«

»Ich könnte ihn selbst zeichnen, dann klappt das«, machte Helen deutlich.

Nur Augenblicke später lagen ein leeres Blatt und ein Bleistift vor ihr auf der Theke, und sie begann zu zeichnen. Nathalie und Louise, die das Bild die ganze Zeit über nur auf dem Kopf stehend sehen konnten, mussten lange grübeln, wer das sein sollte. Als das Bild seiner Vollendung entgegenging, hatte Nathalie zwar eine Vorstellung davon, wer der Mann sein konnte, aber so richtig glauben wollte sie das nicht, weil es keinen Sinn ergab.

Schließlich war die Phantomzeichnung fertig, die eigentlich mehr ein Porträtbild war, und Helen hob das Blatt hoch, damit die beiden es besser sehen konnten.

»Das ist doch ...«, begann Louise, aber dann verschlug es ihr die Sprache.

»Kennen Sie den Mann?«, fragte Helen hoffnungsvoll.

Nathalie nickte bestätigend. »Ja, den kennen wir, und dank Ihrer Zeichnung werden wir ihn sogar überführen können.«

Helen sah Rob an. »Hast du das gehört? Sie werden den Mistkerl erwischen, der die armen Pudel blau eingefärbt hat!«

»Gut«, freute sich Rob. »Wenn du so gut bist, kannst du davon ausgehen, dass deine Bilder für die Wände hier im Pub bei Nathalie auf Zustimmung stoßen dürften.«

»Oh, ist ja wahr!«, rief sie erfreut. »Nathalie, Sie bekommen Ende der Woche von mir ein fertiges Bild und ein paar Entwürfe.«

»Darauf freue ich mich jetzt schon«, erwiderte Nathalie und hielt die Zeichnung hoch. »Wenn ich sehe, was Sie in fünf Minuten aufs Papier kriegen, dann habe ich eine ungefähre Ahnung, wie ein Bild aussieht, an dem Sie drei oder vier Tage gearbeitet haben.«

»Danke für Ihr Vertrauen«, sagte Helen und wurde vor Verlegenheit erneut rot.

»Brauchen Sie uns jetzt noch, oder können wir wieder nach Hause fahren?«, erkundigte sich Rob. »Ich habe nämlich noch einen Termin.«

Nathalie warf Louise einen fragenden Blick zu, die kurz den Kopf schüttelte. »Nein, wir haben erst einmal alles besprochen, besten Dank.«

»Gut, dann machen wir uns auf den Weg«, sagte Rob und nickte Helen zu, die immer noch vor Freude über den unverhofften Verlauf der Ereignisse an diesem Morgen strahlend lächelte.

Nachdem sie sich verabschiedet hatten und zur Tür gingen, wandte sich Nathalie an ihre Köchin: »Und wir zwei sorgen jetzt dafür, dass die Gerechtigkeit siegt.«

Gegen halb elf betraten Nathalie und Louise die kleine Polizeiwache, die in einem der malerischen Häuser am Marktplatz von Earlsraven untergebracht war. Früher war dort einmal eine Filiale der NatWest Bank zu Hause gewesen, was die Wache zu einer der sichersten im ganzen Land machte. Jedes Fenster wies Panzerglas auf, zudem noch die robustere Variante als die, die bei Polizeiwachen normalerweise Verwendung fand. Der Schalterraum war unverändert geblieben und hätte einer Attacke mit Handgranaten mühelos standgehalten. Constable Strutners Büro war der ehemalige Kassenschalter, wo er hinter fünf Scheiben Panzerglas äußerst sicher aufgehoben war.

Als er Nathalie und Louise hereinkommen sah, winkte er ihnen zu und betätigte den Öffner für die Panzertür links vom Schalter, damit sie zu ihm durchgehen konnten.

»Guten Morgen, Ladys«, rief er ihnen zu, als sie um die Ecke kamen. »Wie kann ich behilflich sein?«

»Ronald, ist Sir Theodore noch hier, oder ist er etwa schon abgeholt worden?«

»Der ist noch hier«, bestätigte er. »Bis meine Kollegen herkommen können, um ihn zu übernehmen, wird es noch etwas dauern. Ich kann nur hoffen, dass in der Zwischenzeit in Earlsraven nichts passiert. Ich habe schließlich nur diese eine Zelle, und ich will nicht irgendeinen Schlägertyp zu ihm sperren müssen.«

»Du kannst die Leute gleich wieder abbestellen«, sagte Louise ohne Umschweife. »Wir sind hier, um Sir Theodore rauszuholen.«

»Das muss von einem Vorgesetzten oder einem Richter angeordnet werden, Louise, nicht von dir«, widersprach er etwas unsicher, da er natürlich nicht wusste, was in die Köchin gefahren war. Ihr Tonfall war so militant gewesen, dass sie irgendetwas Wichtiges wissen musste, aber da sie nicht gesagt hatte, worum es ging, hatte er keine Ahnung, was er tun sollte.

»Nicht, wenn wir den Beweis liefern können, dass er es nicht gewesen sein kann«, beharrte sie. »Er hat gar kein Motiv, und selbst wenn er ein Dutzend Motive hätte, würde er niemals etwas tun, was ihn für längere Zeit oder auch nur für ein paar Tage hinter Gitter bringen könnte. Er liebt seine Tiere viel zu sehr, um so ein Risiko einzugehen.«

»Louise, ich habe gehört, wie er Mayfield mit Konsequenzen gedroht hat, weil der seine Pudel blau angestrichen hat.«

»Genau darum geht es ja, Constable«, mischte sich Nathalie ein. »Wir haben den Beweis, dass das Ganze nicht so abgelaufen ist, wie wir alle denken. Bringen Sie uns bitte zu Sir Theodore, damit wir mit ihm reden und die Wahrheit ans Licht bringen können.«

»Ich verstehe nicht …«, erwiderte Strutner.

»Ronald, bring uns zu ihm, lass uns mit ihm reden, und dann wirst du verstehen«, redete Louise auf ihn ein.

»Aber Sir Theodore hat ihm gedroht …«

»Ronald!«, herrschte Louise den Polizisten an, als würde sie jeden Moment die Geduld mit ihm verlieren.

»Schon gut, schon gut! Du musst ja nicht gleich bissig werden!« Er sprang von seinem Platz auf und griff nach dem Schlüssel, dann ging er an ihnen vorbei und eine Treppe runter.

Louise sah kurz zu Nathalie und zwinkerte ihr lächelnd zu, dann folgte sie ihr und dem Polizisten nach unten. Offenbar brauchte Strutner tatsächlich jemanden, der ihm sagte, was er zu tun und zu lassen hatte.

Sie gingen in Richtung Tresorraum. Zwischen Tresor und Treppenhaus befand sich ein Stahlgitter, das aus dem Vorraum eine Zelle für mindestens eine Person gemacht hatte. Dort war Sir Theodore untergebracht, der auf einer Art Feldbett lag und die Augen geschlossen hatte.

»Sir Theodore, Sie haben Besuch«, rief Strutner und schlug mit dem Schlüsselbund gegen einen der Gitterstäbe.

Der ältere Mann schreckte hoch und setzte sich hin. Sein Haar war zerzaust, sein Blick zuckte desorientiert hin und her. »Was? Wo?« Dann erkannte er seine Besucherinnen und atmete gleich etwas ruhiger weiter. »Miss Ames, Miss Cartham, da sind Sie ja! Wie geht es meinen Jungs?«

»Alles in Ordnung«, versicherte ihm Nathalie. »Sie sind zwar immer noch blau, aber sie erfreuen sich bester Gesundheit und bester Laune.«

»Sie sind ein Engel, Miss Ames.« Er sah die beiden Frauen an. »Aber … irgendetwas anderes führt Sie zu mir.«

»Ja, Sie haben recht, Sir Theodore«, bestätigte Louise. »Wir sind hergekommen, um Ihnen zu sagen, dass wir den Täter gefunden haben und dass der Constable Sie jetzt in die Freiheit entlassen kann.«

»Sie haben den Täter gefunden?«, wiederholte der ältere Mann, dessen verständnislose Miene von Herzen kam, da er tatsächlich keine Ahnung hatte, was sie damit meinten. »Aber …«

»Ja, wir haben uns akribisch die Aufnahmen aus dem Gemeindesaal angesehen, außerdem haben wir mit verschiedenen Leuten gesprochen, die uns den Weg zum Täter zeigen konnten«, fuhr Louise fort. »Dadurch war es uns möglich, den exakten Augenblick zu erwischen, als der Täter Ihnen die Sprühflasche mit der Flüssigkeit untergeschoben hat. Es ist alles festgehalten.«

»Und … wer ist es?«, fragte Sir Theodore zögerlich.

»Das würde mich auch interessieren«, warf der Constable ein.

»Na ja, den Namen können wir noch nicht liefern, aber wir haben eine Phantomzeichnung, die wohl als Beweis genügen wird«, sagte Nathalie und holte einen Umschlag aus ihrer Tasche, darin befand sich ein Blatt Papier, das einmal geknickt war. Sie faltete es auseinander und hielt das Blatt Sir Theodore hin. »Erkennen Sie den Mann?«

»Was … was soll das?«, fragte er irritiert.

»Darf ich mal sehen?«, meldete sich Strutner hörbar ungeduldig zu Wort. Als er die Zeichnung zu sehen bekam, legte er den Kopf mal auf die eine, mal auf die andere Seite. »Das ist doch … soll das Sir Theodore sein?«

»Frag ihn doch selbst«, schlug Louise ihm vor.

»Sir Theodore, sind Sie das?«, fragte der Polizist mürrisch.

Ein leises und zerknirschtes »Ja!« kam über die Lippen des Mannes. Er schien zu erkennen, dass er das Spiel verloren hatte. »Woher haben Sie das?«

»Ich nehme an, der Name Helen Camp sagt Ihnen etwas«, entgegnete Nathalie.

Sir Theodore nickte zaghaft. »Wie haben Sie denn Miss Camp gefunden?«

»Gar nicht, sie hat uns gefunden«, antwortete Nathalie. »Der Zufall hat sie in meinen Pub geführt, und der Zufall hat auch dafür gesorgt, dass sie Ihre blauen Pudel gesehen hat. Glücklicherweise ist sie ein Zeichentalent und konnte uns aus dem Gedächtnis den Mann zeichnen, der bei ihr eine Lösung bestellt hat, um Haare mit ein wenig zeitlicher Verzögerung blau zu verfärben und einen Skandal loszutreten.«

Betreten schaute Sir Theodore vor sich hin, während der Constable danebenstand und nicht wusste, was eigentlich los war. »Könnte mir mal irgendjemand erklären, was das alles zu bedeuten hat?«, fragte er ein wenig ungehalten.

Nathalie nickte, sagte dann aber: »Ich glaube, das Geständnis sollte von Sir Theodore selbst kommen, nicht wahr?«

»Das wäre nicht schlecht, Sir Theodore«, stimmte Strutner ihr zu und sah den älteren Mann abwartend an, der dastand und sich an den Gitterstäben festhielt.

»Je eher Sie die Wahrheit sagen, umso eher können Sie sich wieder Ihren Pudeln widmen«, warf Louise als Ansporn ein.

Nachdem er noch einen Moment lang innegehalten hatte, nickte Sir Theodore schließlich. »Ja, Sie haben recht, Miss Cartham«, begann er leise, dann wandte er sich an den Constable. »Sie wissen ja, dass Mayfield im vergangenen Jahr versucht hat, mich zu bestechen, damit ich in diesem Jahr nicht mehr mit meinen Hunden antrete. Natürlich bin ich darauf nicht eingegangen, schließlich lasse ich mich doch nicht von jemandem kaufen, der meint, dass er mit Geld alles erreichen kann. Nachdem ich ihn zum Teufel gejagt hatte, wurde mir aber klar, dass Mayfield in diesem Jahr alles daransetzen würde, dass meine drei Jungs nicht noch einmal gewinnen. Ich wusste nicht, was er machen würde, aber ich war mir sicher, er hätte irgendetwas gegen mich und gegen meine Hunde unternommen. Sie wissen ja, wie leicht ›Unfälle‹ passieren können, und ich durfte nicht riskieren, dass er einem meiner Hunde etwas antut, womöglich sogar etwas, dass meine Jungs nicht überlebt hätten.«

»Warum haben Sie dann überhaupt noch mal teilgenommen?«, wollte Strutner wissen. »Wären Sie zu Hause geblieben, hätte Ihren Hunden und Ihnen nichts passieren können.«

»Weil ich auch meinen Stolz habe, Constable«, machte er ihm klar. »Mayfield hätte seinen Willen bekommen, und er hätte nicht mal dafür bezahlen müssen. Diesen Sieg hätte ich ihm niemals gegönnt, verstehen Sie? Also habe ich mir einen Weg überlegt, wie ich teilnehmen, eine Niederlage vermeiden und gleichzeitig dafür sorgen kann, dass meinen Pudeln nichts passiert – und wie ich bei alledem auch noch Mayfield als den Sündenbock hinstellen kann.«

»Und da kamen Sie auf die Idee mit der Farbe?«

»Ja, Constable. Ich stehe an meinem Stand, jeder sieht, dass ich nur meine Pudel in Bestform frisiere. Niemand würde glauben, dass ich ein speziell zubereitetes Mittel mitgebracht habe, das meine Pudel plötzlich königsblau erscheinen lässt. Es war narrensicher, und das ist es sogar jetzt noch, wenn keiner von Ihnen etwas verrät. Ich habe Mayfield eins ausgewischt und bin ihm damit zuvorgekommen. Ich hatte allen Grund, empört den Saal zu verlassen, nicht wahr?«

Constable Strutner konnte nicht anders, als anerkennend zu nicken. »Das war … genial, möchte ich fast sagen, auch wenn ich mit dem Wort lieber sparsam umgehe. Aber Sie haben dem Mann tatsächlich eins ausgewischt. Ich … ich bin beeindruckt. Nur dass das alles nichts bringt, da der Mann ja nun mal nicht mehr unter den Lebenden weilt.«

»Du könntest Sir Theodore jetzt trotzdem wieder freilassen«, sagte Louise zu Strutner. »Oder hat er irgendetwas Strafbares getan?«

Der Constable zuckte flüchtig mit den Schultern. »Na ja, er hat Mayfield der ... ›Sachbeschädigung‹ bezichtigt, auch wenn ich das bei Hunden ungern sage ... aber da müsste schon Mayfield Anzeige wegen übler Nachrede erstatten, was der Mann bekanntlich nicht mehr machen kann.« Er schürzte die Lippen und dachte noch einen Moment lang nach, dann schloss er die Zellentür auf. »Sie dürfen rauskommen, Sir Theodore. Ich gehe davon aus, dass Sie keine juristischen Schritte gegen Ihre Festnahme unternehmen werden.«

»Das hatte ich nicht vor, Constable«, versicherte der ältere Mann ihm und ging die Treppe hoch.

»Gut, Sir Theodore, dann habe ich nämlich auch nicht vor, ganz aus Versehen im Pub herumzuerzählen, wer die Idee mit der blauen Farbe wirklich hatte.« Als Sir Theodore sich zu ihm umdrehte, zwinkerte Strutner ihm zu.

Nathalie und Louise konnten sich nur ungläubig ansehen, da keine von ihnen dem Constable eine solch ironische Bemerkung zugetraut hätte.

Nachdem sie Strutner nach oben in sein Büro gefolgt waren, setzte er sich an den ehemaligen Kassenschalter und notierte die Uhrzeit, zu der er Sir Theodore aus der Haft entlassen hatte. »So, dann hat sich mein Hauptverdächtiger also als unschuldig entpuppt«, sagte er ein wenig missmutig, als hätte man ihm sein Lieblingsspielzeug weggenommen. »Damit stellt sich die Frage, wer Mayfields Mörder ist.«

»Was ist eigentlich genau passiert, Ronald?«, fragte Louise. »Du wolltest uns ja nichts sagen, solange Sir Theodore in Haft war. Kannst du uns jetzt vielleicht verraten, wie Mayfield umgekommen ist?«

»Oh, ja, sicher, kein Problem«, antwortete er. »Er ist vor dem Eingang zum Gemeindesaal erstochen worden, aber der Mörder wusste genau, welchen Winkel die Überwachungskamera vor der Halle erfasst. Er hat Mayfield ganz geschickt zur Seite gelotst, um dann auf ihn einzustechen.«

Nathalie stutzte. »Von welcher Kamera reden Sie, Constable?«

»Von der einzigen Kamera, die es da gibt«, antwortete er. »Die Kamera am Vordach, die den Kassenschalter erfasst, damit die Kassiererinnen keine Angst haben müssen, dass sie überfallen werden.«

Nathalie sah zu Louise, die sich bereits in Bewegung setzen wollte. »Denken Sie gerade das Gleiche wie ich?«, fragte Nathalie sichtbar aufgeregt.

»Das können Sie aber glauben, Nathalie!«

Neuntes Kapitel, in dem der Mörder zunächst einmal auf freiem Fuß bleibt

»Das ist die Kamera, von der Constable Strutner gesprochen hat«, sagte Nathalie und deutete auf die klobige Kamera, die unübersehbar auf den Kartenschalter des Gemeindesaals gerichtet war. »Und da drüben« – sie zeigte dorthin, wo das in die Gehwegplatten eingezogene Blut die Stelle markierte, an der Mayfield niedergestochen worden war – »hat sich das Ganze abgespielt. Aber wenn diese Kamera da auch nur ein Ablenkungsmanöver ist wie die im Saal, dann könnte sich der Mörder in falscher Sicherheit gewähnt haben.«

Louise nickte, während sie das Smartphone ans Ohr hielt. »Father Cochrane? Louise Cartham hier. Father, ich habe eine Frage, was die Kamera vor dem Gemeindesaal angeht ... ja, genau die ... und gibt es noch andere? ... Mhm ... mhm ... es geht um die Nacht, als Mr. Mayfield ermordet wurde ... ja ... richtig ... würden Sie ... oh, das ist wunderbar ... ja, wir sprechen uns dann ... bis später, Father Cochrane.«

Nachdem sie aufgelegt hatte, sah sie Nathalie kopfschüttelnd an. »Und da dachten wir schon, unseren lieben Constable hat die Erleuchtung heimgesucht.«

»Wieso? Was ist?«

»Es gibt noch vier andere Kameras – *funktionierende* Kameras, die den gesamten Bereich vor dem Saal erfassen, und Father Cochrane hat ihn auch darauf hingewiesen und ihm angeboten, sich die Aufnahmen anzusehen, aber Strutner hat sich nur vielmals bedankt und abgelehnt, weil die Tat außerhalb des Erfassungsbereichs der Kamera liegt. Nur ist er von dieser einen Kamera ausgegangen, und er hat nicht begriffen, dass die nur von den echten Kameras ablenken soll.«

»Weiß Cochrane denn, wer der Täter ist? », fragte Nathalie verwundert. »Warum hat er sich dann nicht schon zu Wort gemeldet?«

»Er hatte noch keine Zeit, sich die Aufnahmen anzusehen«, sagte Louise. »Er hätte sich wohl die Zeit genommen, wenn Strutner die Bilder hätte sehen wollen. Cochrane macht im Moment noch im Seniorenheim in Wallaby seine Runde, aber sobald er zurück ist, wird er sich an den Computer setzen und nachsehen, ob er etwas für uns hat.«

»Gut«, meinte Nathalie. »Dann müssen wir also erst mal warten.«

Gegen halb vier betrat Louise Nathalies Büro und hielt mit einem triumphierenden Lächeln auf den Lippen den USB-Stick vor sich ausgestreckt, auf dem sie ihr schon die Aufnahmen von Sir Theodores Stand auf der Hundeausstellung präsentiert hatte.

»Sie haben was gefunden«, sagte Nathalie und legte die Mappe zur Seite, in die sie bis gerade eben verschiedene Belege sortiert hatte.

»So kann man das nennen«, meinte Louise und grinste noch breiter, dann übergab sie ihr den Stick und fragte: »Wo sind denn eigentlich unsere blauen Pudel? »

»*Unsere* blauen Pudel sind *Sir Theodores* Pudel, und Sir Theodore ist geradewegs hergekommen, während wir zum Gemeindesaal gelaufen waren«, erklärte sie, während sie den Stick anschloss und wartete, dass die Aufnahme gestartet wurde. »Er wartete geduldig auf meine Rückkehr, obwohl er seine Hunde theoretisch sofort hätte mitnehmen können. Ein richtiger Gentleman.«

Sie sah auf den Monitor, die Wiedergabe der Aufzeichnung hatte begonnen. Das Bild zeigte den Bereich vor der linken Hälfte des Eingangsbereichs zum Saal. Mayfield stand dort vor der Tür und schien auf jemanden zu warten, der sich womöglich verspätet hatte. Zumindest würde das erklären, warum er fast alle fünfzehn Sekunden auf seine Uhr sah. Laut eingeblendeter Zeit war es kurz vor Mitternacht.

Das Bild war scharf genug, um Mayfields Gesichtsausdruck zu erkennen. »Er scheint sich auf irgendwas zu freuen«, meinte Nathalie. »Es sieht so aus, als könnte er es kaum erwarten, sich mit jemandem zu treffen.«

»Ich vermute, dass eine Frau ihm ein sehr eindeutiges Angebot gemacht hat und er ihr Eintreffen nicht erwarten kann«, sagte Louise. »Allerdings dürfte das nur der Köder gewesen sein.«

Plötzlich betrat ein anderer Mann die Szene, er stand mit dem Rücken zur Kamera. Mayfield erschrak, als er ihn sah, und schaute sich um, als gehe er davon aus, dass dieser Mann nicht allein hergekommen war. Mayfield hob beschwichtigend die Hände und redete sehr hastig auf den Hinzugekommenen ein. Je länger er redete, umso selbstbewusster wirkte Mayfield, und nach der Körperhaltung zu urteilen, schien er damit dem anderen Mann die Angriffslust auszureden. Der fing auch noch an zu nicken, als würde er dem zustimmen, was Mayfield ihm mit ausdrucksvoller Miene und ausholenden

Gesten erzählte. Dann hörte Mayfield seinem Gegenüber eine Weile zu und lächelte schließlich sogar, und genau diesen Moment der offensichtlichen Unachtsamkeit nutzte der andere Mann, um Mayfield ein langes Messer in die Brust zu jagen. Mayfield starrte mit aufgerissenen Augen auf die Klinge, die in seinem Körper steckte, dann sackte er in sich zusammen und fiel zu Boden. Der Angreifer bückte sich, nahm das Messer an sich und machte kehrt, um in die Richtung wegzugehen, aus der er gekommen war. Dabei drehte er sich so, dass die Kamera sein Gesicht genau erfasste.

Der blonde Mann wirkte völlig unscheinbar, eigentlich so wie ein beliebiger Familienvater, der eben seine Tochter zur Schule gebracht hatte. Vielleicht ein bisschen übermüdet, ein bisschen mitgenommen, aber eben sehr unscheinbar.

»Hey, das ist doch einer von den Schauspielern«, rief Nathalie verdutzt.

»Was für ein Schauspieler denn?«, wunderte sich Louise.

»Einer aus der Truppe, mit denen Mayfield eine Szene geprobt hat, als ich am Morgen der Hundeshow zu ihm gegangen bin. An sein Gesicht erinnere ich mich noch genau. Die anderen habe ich zu flüchtig gesehen, da sind mir nur noch vage Umrisse im Gedächtnis.«

»Ihr ›Schauspieler‹«, sagte Louise sehr betont, »heißt Gerry Briarson. Bis Anfang des Jahres hat er mit seiner Familie hier in Earlsraven gelebt, dann hat er auf einmal seine Familie verlassen, wenig später hat seine Frau das Haus verkauft und ist mit den beiden Kindern weggezogen.«

»Und wohin ist er gezogen?«

»Weiß ich nicht. Darum darf sich Strutner kümmern. Auf jeden Fall haben wir unseren Mörder.«

»Gerry ... wie?«

»Briarson«, antwortete Louise.

»Briarson«, wiederholte Nathalie nachdenklich. »Moment mal, der Name sagt mir was.« Sie kniff die Augen zu und überlegte angestrengt, wo sie diesen Namen schon einmal gelesen hatte. Plötzlich schnippte sie mit den Fingern. »Natürlich! Das ist es!« Sie griff nach dem Privat-Ordner ihrer Tante, den sie neben dem Schreibtisch hatte stehen lassen.

Sie schlug den Ordner auf, blätterte, bis sie fündig wurde, dann tippte sie mit dem Zeigefinger auf das Blatt. »Da! Da gehört er hin!«

»Was ist das?«

»Ich habe Ihnen doch von dem Vorgang erzählt, den meine Tante angelegt hatte, um Sie irgendwann mal darauf anzusprechen.«

Louise nickte. »Und?«

»Der Vorgang, über den wir heute Morgen gesprochen haben. Der Vorgang, für den ich mich an Glenn wenden will.«

»Ja, ja, und weiter?«

»Gerry Briarson ist einer von den sechs Namen, die meine Tante notiert hatte. Er gehört zu den Leuten, die von Mayfield auf diese angeblich so lukrative Geldanlage angesprochen worden waren.«

Louise zog die Augenbrauen hoch. »Und ausgerechnet Briarson taucht hier auf und bringt Mayfield um? Da hat wohl jemand spät Rache üben wollen. Hm, Strutner wird sich freuen, wenn wir ihm das präsentieren.«

»Das werden wir ihm noch gar nicht präsentieren«, widersprach Nathalie.

»Was? Wir haben den Mörder. Es gibt gar keinen Zweifel, Briarson kann sich vor keinem Richter der Welt noch herausreden!«

»Das ist richtig«, stimmte Nathalie ihr zu und lächelte geheimnisvoll.

»Was?«, fragte Louise irritiert.

»Halten Sie es für einen Zufall, dass er ausgerechnet nach Earlsraven kommt, um Mayfield zu ermorden? Warum nimmt er sich den Mann ausgerechnet hier vor, wenn er selbst doch gar nicht mehr hier lebt?«

Louise sah sie eine Weile fragend an, dann hellte sich ihre Miene mit einem Mal. »Sie meinen, er könnte das zusammen mit den anderen mutmaßlich Betrogenen geplant haben, damit die ihm ein Alibi geben?«

»Warum nicht? Briarson kennt sich hier immer noch aus, er weiß, wo er sich mit Mayfield treffen muss, um unbeobachtet zu sein, und die anderen behaupten, er war bei ihnen zu Besuch.« Sie zuckte mit den Schultern und sagte seufzend. »Briarson entkommt seiner Verurteilung nicht, dafür sind die Bilder zu eindeutig. Aber wenn der Constable ihn jetzt mit der Aufnahme konfrontiert und festnimmt, können die anderen sich herausreden und behaupten, sie hätten nichts gewusst. Wir müssen sie alle in Sicherheit wiegen.«

»Und wie lange sollen wir das tun?«, fragte Louise. »Wie wollen Sie die anderen dazu bringen, dass sie sich verraten? Mayfield ist tot, sie müssen weiter nichts mehr tun.«

»Ich schreibe gleich Glenn eine Mail, erkläre ihm die Situation, schicke alle maßgeblichen Daten mit, und dann warten wir ab, was wir von ihm bekommen«, erklärte sie. Sie war zwar zuversichtlich, dass Glenn ihr helfen würde, sie war nur nicht begeistert davon, ihn so kurz nach der Trennung um Hilfe zu bitten. Es kam ihr vor wie das typische Verhalten einer zornigen Figur in einer Komödie, die ihrer Wut freien Lauf ließ und alle Anwesenden zusammenstauchte, aus dem Zimmer stürmte und die Tür hinter sich zuwarf, nur um zehn Sekunden später wieder hereinzukommen, »Ich habe meinen Schirm vergessen« zu murmeln und dann ganz leise zu verschwinden. Andererseits ging es hier nicht um etwas, das sie persönlich betraf, und es würde ihr auch zeigen, als wie gute Freunde sie nun wirklich auseinandergegangen waren.

»Gut, dann lasse ich Sie erst mal in Ruhe diese Mail schreiben«, sagte Louise und zog sich zur Tür zurück. »Danach müsste ich mit Ihnen über die Menükarte für die nächste Woche reden.«

Nathalie nickte nur, da sie sich bereits darauf konzentrierte, alle maßgeblichen Fakten zusammenzustellen, damit Glenn – sofern er denn dazu bereit war – ganz gezielt suchen konnte.

Als um Viertel nach drei in der folgenden Nacht eine SMS einging, war Nathalie sofort hellwach.

Du hast eine Mail, lautete der ganze Text, der von einer ihr unbekannten Nummer abgeschickt worden war. Was nach einer plumpen Werbe-SMS aussah, war sehr wahrscheinlich etwas viel Wichtigeres.

Nathalie stand auf und ging ins Wohnzimmer, fuhr den Laptop hoch und rief die Übersicht ihrer Mails auf. Sie überflog die Namen der Absender und die Betreffzeilen, bis sie auf den Allwissenden stieß, der ihr Antworten auf all ihre Fragen versprach. Sie öffnete die Mail und musste lächeln, als sie seine Anrede »Liebe Ratsuchende« las und dann den Text überflog, der sich auf den ersten Blick nicht von einer gewöhnlichen Werbemail unterschied – es sei denn, man war mit den Namen und Begriffen vertraut. Und das war Nathalie.

Sofort speicherte sie die Mail und machte auch noch zwei Ausdrucke, um ja kein Risiko einzugehen, dass der

Server von irgendeinem Defekt heimgesucht wurde. Anschließend legte sie sich wieder ins Bett, konnte aber vor Anspannung nicht einschlafen.

»Also«, begann Nathalie, als sie gegen neun Uhr am folgenden Morgen an dem kleinen Konferenztisch in der Polizeiwache von Earlsraven Platz genommen hatte. Constable Strutner saß ihr gegenüber, Louise auf dem Stuhl neben ihr. »Mayfield hat im letzten Jahr im Rahmen der Hundeausstellung mit folgenden Einwohnern von Earlsraven über ein Geldanlagemodell gesprochen: Gerry Briarson, Tomasina Mesher, Gloria und Mark Rosman, James Boore, Richard Head und meiner Tante Henrietta. Er hatte sich ausschließlich die Geschäftsleute im Dorf ausgesucht, um ihnen eine Geldanlage schmackhaft zu machen, die bis zu dreißig Prozent Zinsen abwerfen sollte. Eigentlich ein völlig illusorischer Betrag, aber bei manchen Leuten setzt dann doch manchmal der Verstand aus. Praktischerweise war dann auch noch der Warnhinweis über das hohe Risiko nur in Mikroschrift vorhanden. Meine Tante war die Einzige, die sich dagegen entschieden hat, die anderen sind mit Beträgen zwischen dreißigtausend und hundertzwanzigtausend Pfund eingestiegen. Briarson ist derjenige, der den höchsten Betrag gegeben hat und der dafür einen Kredit über achtzigtausend Pfund aufgenommen hat. Theoretisch würde der sich ja rechnen, wenn man von den dreißig Prozent ausgeht. Aber man muss schon ein ziemlich starkes Kraut geraucht haben, um auf so etwas reinzufallen. Das ist übrigens ein Zitat eines Mannes aus der Finanzwelt.«

»Und dann haben diese schlauen Geschäftsleute alles verloren, richtig?«, warf Strutner ein.

»Ja, und zwar wirklich alles«, bestätigte Nathalie. »Mayfield hatte von vielen Leuten überall im Land Geld gesammelt und etliche Millionen auf einem Konto zwischengeparkt. Dann hat er anfangen, nach und nach Aktien von einem jungen Unternehmen zu kaufen, an dem er mit zehntausend Euro beteiligt war. Durch die plötzliche Nachfrage, die er selbst geschaffen hatte, wurden andere Anleger auf das Unternehmen aufmerksam und wollten auf einmal selbst auch Aktien haben. Die Nachfrage steigerte sich noch weiter, weil jeder glaubte, auf eine Goldmine gestoßen zu sein. Gl... mein Kontaktmann hat mir erklärt, dass in solchen Fällen manchmal ein regelrechter Sog entsteht und die Anleger einfach nur Aktien kaufen, ohne zu wissen, um was es eigentlich geht. Als aus Mayfields zehntausend Euro stolze zwei Millionen geworden waren, stieß er seine Aktien am gleichen Tag komplett ab. Das blieb nicht ohne Folgen, zumal aus einer nie bestätigten Quelle das Gerücht aufkam, das einzige Patent des Unternehmens sei ein Plagiat. Während Mayfield mit zwei Millionen nach Hause ging, stürzte der Kurs komplett in sich zusammen, bis jedes investierte Pfund nur noch fünf Pence wert war.«

»Und die sechs Anleger auf Ihrer Liste waren ihr Geld los«, folgerte der Constable.

»Richtig, wobei es fünf von ihnen noch verhältnismäßig milde traf, weil es ›nur‹ ihr Erspartes war, das sie zum Fenster rausgeworfen hatte. Briarson dagegen besaß nicht nur kein Vermögen mehr, sondern hatte auch noch gut achtzigtausend Pfund Schulden am Hals. Seine Frau warf ihn raus, das Haus wurde von der Bank einkassiert, sie und die Kinder mussten wegziehen.«

Der Constable schüttelte den Kopf. »Es gibt nur wenige Situationen, in denen ich nachvollziehen kann, warum ein Mensch einen anderen tötet. Hier kann ich es nicht. Briarson hat sich selbst durch grenzenlose Dummheit in diese Lage gebracht, und dann geht er hin und rächt sich an Mayfield, der ihn genau genommen nicht betrogen hat. Schließlich hätte Briarson das Kleingedruckte lesen können, dann wäre klar gewesen, auf was er sich einlässt.« Er stand auf und holte sich noch eine Tasse Kaffee. Nachdem er sich wieder hingesetzt hatte, sah er die beiden Frauen an. »Und obwohl alles gegen Briarson spricht, soll ich den Mann noch nicht festnehmen?«

»Richtig«, erkläre Louise. »wenn Briarson Mayfield einfach nur hätte umbringen wollen, hätte er das doch überall machen können. Aber er nimmt sich ein Zimmer drüben in Shamrock Grove und kommt hierher, um den Mann zu töten, der ihm alles weggenommen hat. Damit macht er sich doch eigentlich erst recht verdächtig. Warum tötet er ihn nicht irgendwo anders, wo es keine Verbindung zu ihm gibt?«

Strutner nickte. »Das stimmt allerdings. Wenn ich hier in Earlsraven herumfrage, ob jemand sich vorstellen kann, wer Mayfield den Tod gewünscht hat, würde mich irgendwer früher oder später auf die Sache mit seinem Haus und seiner Frau hinweisen, was mich wiederum zu der Geschichte mit der Geldanlage führen würde.« Der Constable sah verdutzt auf einen sehr weit entfernten Punkt und redete nachdenklich weiter. »Indem er herkommt, macht er überhaupt erst auf sich aufmerksam. Das mit der Kamera war eine Dummheit von ihm, die er nicht einkalkuliert hat. Ohne diese Bilder gäbe es keinen Beweis, und um den Verdacht gegen ihn zu entkräften, muss er schon ein wasserdichtes Alibi haben.«

»Das ihm seine Leidensgenossen sicher bereitwillig geben, wenn er dafür Mayfield umbringt und damit auch im Namen der anderen Rache übt«, ergänzte Nathalie. »Wenn er nicht von der anderen Kamera gefilmt worden wäre, müssten wir der Gruppe jedes Wort glauben, das sie uns weismachen will. Ich gehe jede Wette ein, dass sie uns erzählen, dass sie sich abends getroffen und bis zum nächsten Morgen durchgemacht haben. Und dass Briarson die ganze Zeit bei ihnen war.«

»Wenn sie uns das erzählen«, sagte der Constable, »können wir sie alle wegen Beihilfe zum Mord drankriegen.«

»Wenn sie schlau sind«, gab Nathalie zu bedenken, »werden sie sich mit einer Formulierung den Rücken frei halten, um sich in letzter Minute aus der Affäre zu ziehen.«

Louise und Strutner sahen sie fragend an. »Na ja«, sagte sie. »Wenn ich von der Polizei befragt werde würde, würde ich ja zumindest die Möglichkeit in Erwägung ziehen, dass die Jungs etwas wissen oder wenigstens ahnen. Anstatt darauf zu beharren, dass Briarson die ganze Zeit über anwesend war und nicht für eine Minute den Raum verlassen hat, würde ich sagen *Soweit ich das sagen kann, war er immer* da oder *Also mir ist nicht aufgefallen, dass er weg war.* Etwas in der Art, damit man mich nicht wegen einer Falschaussage belangen kann und damit man mir auch keine Beihilfe zum Mord unterstellen kann.«

»Wenn sie das machen, ist Briarson als Einziger geliefert, und die anderen kommen ungeschoren davon«, entgegnete Strutner. »Diese Vorstellung gefällt mir gar nicht.«

»Uns auch nicht, Ronald«, stimmte Louise ihm zu. »Deswegen haben wir uns eine Taktik überlegt, wie die Verhöre ablaufen könnten, um die anderen aus der Reserve zu locken.«

Er sah zwischen den beiden Frauen hin und her. »Ich bin ganz Ohr.«

Zwei Tage später saßen Nathalie und Louise am Konferenztisch der Polizeiwache und hatten den Blick auf den

Laptop gerichtet, der vor ihnen stand. Auf dem Monitor war der Nebenraum zu sehen, in dem Gerry Briarson als letzter der sechs Männer saß, denen Mayfield vor nicht ganz einem Jahr viel Geld aus der Tasche gezogen und es so angelegt hatte, dass sie am Ende alles verloren hatten.

»Wie gesagt, ich war den ganzen Abend über bei den Rosmans, wir haben geredet, gegessen, getrunken … ein bisschen zu viel getrunken, weshalb ich dann auch bei ihnen übernachtet habe«, erklärte er. »Auf den Weg zum Hotel habe ich mich erst nach dem Frühstück gemacht.«

»Okay, Mr. Briarson, das … ja, das wäre dann wohl alles«, antwortete Constable Strutner und schaltete das Diktiergerät aus. Die Kamera, die das Bild auf den Laptop übertrug, lief unverändert weiter. »Gut, ich bringe Sie dann raus zu Ihren Freunden«, sagte er und stand auf, dann ging er vor Briarson her zur Stahltür, drückte sie auf und ließ den Mann in den Schalterraum zurückkehren. Auf den Stühlen, die früher den Bankkunden zur Verfügung gestanden hatten, saßen die fünf anderen Mayfield-Opfer, die Strutner bereits verhört hatte.

»Sie nehmen bitte noch Platz, ich muss nur noch ein paar Dinge zusammenstellen und vergleichen. Ich gebe Ihnen Bescheid, wenn ich fertig bin.«

»Ja, ist okay«, gab Briarson etwas unschlüssig zurück, als könnte er sich nicht vorstellen, wie noch irgendwelche Unklarheiten bestehen sollten.

Strutner zog die Tür zu und ging rüber in den Schalterbereich, der vom Rest schalldicht abgeteilt und nur durch Lautsprecher und Mikrofone verbunden war. »Sechsmal die gleiche Geschichte«, murmelte er, als er zu Nathalie und Louise kam. »Sechsmal die gleiche Geschichte, sechsmal exakt so vage formuliert, wie Sie es gesagt haben, Miss Ames – damit sie unangreifbar bleiben.«

Er setzte sich zu ihnen und ließ zusammen mit den beiden Frauen seinen Blick über diese Leute wandern, die zwar alle recht viel Geld besaßen, aber nicht genug Verstand, um einen Märchenerzähler wie Mayfield frühzeitig auch als solchen bloßzustellen. Das Licht hinter dem Panzerglas hatten sie ausgemacht und dazu die Rollläden runtergelassen, während vor den Schaltern die gesamte Deckenbeleuchtung brannte und den Raum in grelles Licht tauchte.

Tomasina Mesher war eine attraktive Mittfünfzigerin mit einem straff wirkenden Körper, der diesen Zustand aber wohl eher chirurgischen Eingriffen verdankte als einer sehr ausgewogenen Diät. Das war umso ironischer, da die Ärztin seit Jahren Produkte vertrieb, die für gesunde Ernährung standen – von der sie selbst nur wenig zu halten schien.

Gloria und Mark Rosman waren beide weit über siebzig und gehörten glücklicherweise nicht zu den Leuten, die meinten, jeden neuen Trend mitmachen zu müssen. Sie waren stilvoll gekleidet, nicht zu modisch und nicht zu sehr mit Schmuck behängt, und trotzdem strahlten sie ein gewisses Maß an Eleganz aus. Diese Ausstrahlung war für die beiden in ihrem Beruf tatsächlich unverzichtbar gewesen, da der Handel mit teuren Antiquitäten sie unweigerlich mit potenziellen Käufern zusammengebracht hatte, für die Stil schlicht alles war.

Daneben saß James Boore, ein älterer Mann mit schütterem Haar und Vollbart, der als Universitätsprofessor hätte durchgehen können und als Sachbuchautor offenbar recht gut verdient hatte. Neben ihm Richard Head, ein Mittdreißiger, der mit Webdesign seinen Lebensunterhalt bestritt. Er trug Jeans und T-Shirt, dazu ausgelatschte Halbschuhe. Sein zerzauster Lockenkopf schien mehr Masche als Nachlässigkeit zu sein, so als wollte er den Künstler in ihm präsentieren, der ganz in seinem Wirken aufging und keinen Gedanken an sein Äußeres verschwendete.

»Schon witzig«, meinte Louise. »Wir wissen, dass sie alle lügen, aber nur Briarson wird am Ende verurteilt werden, obwohl sich die anderen nicht viel weniger haben zuschulden kommen lassen.«

»Tja, aber da sie ja alle bei den Rosmans gefeiert haben«, warf Nathalie ein und griff nach dem Becher mit dem mittlerweile deutlich abgekühlten Kaffee, »brauchte Briarson von da bis zum Tatort kein zehn Minuten zu Fuß. Da er nicht lange mit Mayfield geredet hat, war er nach weniger als als zwanzig Minuten zurück. Wenn er schnell gelaufen ist, was in der Dunkelheit kein Problem war, da ihn niemand sehen konnte, kann er auch innerhalb von einer Viertelstunde oder noch weniger wieder am Tisch gesessen haben. Die Zeit reichte aus, um sogar unter realen Umständen nicht aufzufallen, wenn die Gäste sich zum Beispiel zu einer Hälfte im Wohnzimmer und zur anderen Hälfte in der Küche aufhalten. Er kann ja mal für ein paar Minuten vor die Tür gegangen sein, um frische Luft zu schnappen.«

»Das sind genau die Argumente, mit denen sie sich alle aus der Affäre ziehen werden, falls jemand versuchen sollte, sie doch noch in diese Angelegenheit hineinzuziehen«, fügte Constable Strutner an.

»Wenn man diese Leute jetzt so dasitzen sieht, sollte man nicht meinen, dass sie gemeinschaftlich einen Mörder decken«, fand Louise.

»Ja, aber das liegt nur daran, dass sie in Briarson keinen Mörder sehen«, hielt Nathalie dagegen und schob die Tasse weg. »Für sie ist er so was wie ein Racheengel, der begangenes Unrecht wiedergutgemacht hat.« Sie sah Louise an, die nickte, um die unausgesprochene Frage zu beantworten, dann drehte sie sich zu Strutner um. »Constable, ich glaube, jetzt ist der richtige Zeitpunkt gekommen, um diese Leute aus ihrer Selbstgefälligkeit zu holen.«

»Ich warte noch zwei Minuten«, sagte er. »Sollen sie noch ein bisschen schmoren.«

Langsam stand der Polizist auf, nahm einen Block zur Hand, schaltete die Gegensprechanlage ein und ging nach vorn. Alle drehten sich gebannt zu ihm um, als er durch die gepanzerte Tür in den ehemaligen Kundenraum trat. Den Gesichtern war eine gewisse Unruhe anzusehen, so als würde jeder von ihnen angestrengt nachdenken, ob er womöglich irgendetwas anderes als abgesprochen gesagt hatte.

»Wir sind eigentlich so weit durch«, sagte Strutner. »Ich habe lediglich vergessen, eine Formsache zu fragen, mit der ich heute noch vielen Leuten auf die Nerven gehen werde. Die Witwe von Mr. Mayfield hat inzwischen zu Protokoll gegeben, dass aus dem Wagen ihres Mannes ein Koffer mit eineinhalb Millionen Pfund in bar verschwunden sein soll. Falls einer von Ihnen irgendetwas darüber gehört haben sollte …?«

Die eigentliche Frage ließ er unausgesprochen, weil es offensichtlich war, was er wissen wollte.

Er sah von Gesicht zu Gesicht, jeder schüttelte entweder den Kopf oder verzog verneinend den Mund. »Okay, aber vielen Dank, dass ich das noch ansprechen konnte. Meine Mitarbeiterinnen drucken gleich die Aussagen aus, dann kommen Sie bitte noch mal rein, um sie zu unterschreiben. Danach dürfen Sie dann endgültig gehen.«

Als er hinter den abgedunkelten Schalter zurückkehrte, empfing ihn Nathalie mit den Worten: »Alle starren Briarson an, niemand sagt ein Wort, und Briarson weiß nicht, wie er den anklagenden Blicken ausweichen soll.«

»Ich glaube, er bekommt gerade einen Schweißaus-
bruch«, stellte Louise fest. »Keine gute Reaktion für einen Mann, der gar kein Geld unterschlagen hat. Er
müsste die anklagenden Blicke der anderen zur Sprache
bringen und ihnen sagen, dass sie ihn in Ruhe lassen sollen.«

»So denken sie jetzt alle, dass er sie um ihren Anteil
an diesen eineinhalb Millionen betrügen will«, sagte
Nathalie. »Eineinhalb Millionen ... genug für jeden von
ihnen, um sich das zurückzuholen, was sie durch Mayfield verloren haben, und um noch einen kleinen Bonus
einzustreichen.« Sie betrachtete die Gesichter. »Die fangen jetzt innerlich an zu kochen, weil sie wissen, dass sie
nichts sagen dürfen, um sich nicht zu verraten. Aber je
länger sie da rumsitzen und den Mann ansehen, der sie
praktisch ein zweites Mal um ihr Geld bringen will,
umso schwieriger wird es für sie, sich zusammenreißen.
Sehen Sie nur ... das Ehepaar Rosman ... die vorwurfsvollen Blicke, die sie ihrem Mann zuwirft, weil er nichts
sagt ... Seine Hilflosigkeit, weil er weiß, es ist verkehrt.
Aber was soll er dagegen tun? Er entlarvt sich als Mit-
wisser und Mittäter, wenn er jetzt Briarson anspricht.«

»Und Briarson fühlt sich immer unbehaglicher, weil
alle denken, dass er das Geld unterschlagen hat«, fügte
Louise an. »Ganz bestimmt weiß er auch, dass er völlig
schuldbewusst wirkt, was es für ihn nur noch schlimmer
macht.«

»Noch ein paar Minuten, würde ich sagen«, warf der
Constable ein, dem diese Taktik sichtlich gefiel. »Was
glauben Sie, wer als Erster die Nerven verliert, wenn ich
reingehe?«

»Mrs. Rosman«, antwortete Louise. »Sie möchte am
liebsten ihren Mann auf Briarson hetzen, aber der tut
nichts, und wenn wir gleich die Bombe platzen lassen,

wird sie sich nicht zurückhalten können und wollen, weil sie keine Lust hat, noch eine Sekunde länger darauf zu warten, dass ihr Mann sich endlich mal wie ein ganzer Mann verhält und mit der Faust auf den Tisch haut ... oder auf Briarsons Nase.«

Nathalie musste unwillkürlich lachen. »Ich würde ja gern dagegenwetten, aber ich nehme auch an, dass sie allen anderen zuvorkommen wird.«

»Und wenn die anderen klug genug sind, den Mund zu halten?«, fragte der Constable.

»Wenn Mrs. Rosman vorprescht und die anderen sagen nichts«, erklärte Nathalie restlos überzeugt, »wird sie nicht als Einzige den Kopf hinhalten, sondern die anderen mit reinreißen.«

Wieder warf Strutner einen Blick auf seine Armbanduhr und kratzte sich am Ohr. »Ich würde sagen, die Kirschen sind reif genug, um gepflückt zu werden.« Dann stand er auf, nahm seinen Notizblock an sich und ging abermals nach vorn.

Briarson sah den Polizisten erleichtert an, als dieser den Warteraum betrat, was Mrs. Rosman nur noch aufgebrachter schnauben ließ. Sie stieß ihren Mann mit dem Ellbogen an, er verzog den Mund und versuchte, zur Seite zu rutschen.

Tomasina Mesher, James Boore und Richard Head saßen alle scheinbar ruhig auf ihren Stühlen, aber auch ihnen war eine gewisse Nervosität anzumerken. Jeder von ihnen brannte darauf, endlich die Wache verlassen zu dürfen, damit sie sich Briarson ungestört vornehmen konnten.

»Mr. Briarson«, sagte Strutner beim Hereinkommen. »Fahren Sie einen weißen Golf Baujahr 1983 mit dem Kennzeichen 8JS 772?«

»Ähm ... ja, wieso?«

»Sie haben den Wagen in der Nähe des Gemeinde-saals abgestellt?«

»Auf dem Parkplatz dahinter, ja«, antwortete er. »Wieso fragen Sie?«

»Würden Sie bitte aufstehen?«, forderte der Constable ihn auf.

Briarson konnte sich nicht erklären, was passiert sein sollte, deshalb kam ihm auch nicht der Gedanke, sich auf Gegenwehr einzustellen, um aus der Wache entkommen zu können. Während er aufstand, drehte Strutner ihn herum und legte ihm so schnell die Handschellen an, dass der Mann noch nicht richtig begriffen hatte, was mit ihm geschah, als der Constable ihm bereits erklärte: »Gerry Briarson, ich verhafte Sie hiermit wegen des Mordes an Mr. Mason Mayfield. Meine Kollegen haben so-eben in Ihrem Wagen den fraglichen Geldkoffer gefunden, der laut Mrs. Mayfield ...«

Weiter kam Strutner nicht, da sich in dieser Sekunde die Einschätzung von Nathalie und Louise bewahrheite-te. Es war tatsächlich Mrs. Rosman, die als Erste auf-sprang und mit hochrotem Kopf auf Briarson losstürm-te, was sie für ihr Alter mit beachtlicher Schnelligkeit schaffte.

»Du Schwein!«, brüllte sie. »Du verdammtes Mist-stück! Hast du keinen Funken Anstand im Leib? Du bist ja noch schlimmer als Mayfield! Wir geben dir ein Alibi, damit du dieses Stück Dreck dahinschaffst, wo es hinge-hört, und dann hast du nichts Besseres zu tun, als einen Koffer voll Geld einzukassieren? Du bist nicht der Einzi-ge, der von Mayfield ausgenommen wurde! Dich sollte man genauso abmurksen wie ihn!«

Vieles von dem, was Mrs. Rosman ihm an den Kopf warf, ging im allgemeinen Lärm unter, da auch Boore, Head und Miss Mesher Briarson mit den übelsten Beschimpfungen bedachten. Dabei versuchten sie, nach dem Mann zu greifen, um ihren Worten Prügel folgen zu lassen, wodurch Strutner gezwungen war, sich schützend vor den Mann zu stellen.

Lediglich Mr. Rosman stand gut zwei Meter hinter der zornigen Gruppe. Sein Gesicht war kreidebleich, und er schüttelte fassungslos den Kopf. Als Einziger hatte er verstanden, was sich hier abgespielt hatte.

Aber noch jemand durchschaute in diesem Augenblick Strutners Taktik. Briarson drehte sich so, dass er die anderen ansehen konnte, dann schrie er sie aus Leibeskräften an: »Wie dumm seid ihr eigentlich? Kapiert ihr nicht, dass euch dieser verdammte Bulle reingelegt hat? Es gibt keinen Geldkoffer! Es hat nie einen Geldkoffer gegeben! Er hat ihn erfunden, um euch gegen mich aufzubringen, damit ihr euch selbst ans Messer liefert! *Es gibt keinen Geldkoffer!*«

Die anderen verstummten und wichen erschrocken einen Schritt zurück, Mrs. Rosman rang nach Atem, als sie den Constable ansah. »Ist das wahr?«

»Sie sind alle wegen Beihilfe zum Mord verhaftet«, entgegnete Strutner nur.

Epilog, in dem womöglich Weichen für neue Beziehungen gestellt werden

»Das war aber ein gewagtes Spiel«, sagte Rob Dinkmore, als sie am Samstag darauf im Black Feather beim Abendessen zusammensaßen. »Und wenn diese Mrs. Rosman sich zurückgehalten hätte? Und es wäre auch kein anderer aufgesprungen?«

»Dann hätten wir einfach Pech gehabt«, antwortete Nathalie. »Briarson wäre allein wegen der Bilder aus der Überwachungskamera schuldig gesprochen worden. Die anderen wären unbehelligt davongekommen, aber das wäre auch der Fall gewesen, wenn wir nichts unternommen hätten. Verlieren konnten wir nicht, wir hatten nur die Chance, die Mittäter zu überführen. Die wollten wir nicht ungenutzt lassen, na ja, und letztlich hat es ja auch geklappt.«

»Aber einen Geldkoffer gab es nicht, richtig?«, vergewisserte sich Rob. »Nicht, dass ich jetzt irgendwas falsch verstanden habe.«

»Nein, der Geldkoffer war nur unser Köder«, antwortete Louise, die zwischen ihm und Constable Strutner saß.

Rob nickte ihr zu. »Finde ich angemessen, immerhin haben die einen Menschen umgebracht, der ihnen, genau genommen, nicht mal etwas getan hatte.« Er schüttelte verständnislos den Kopf. »Dass sogar heute immer noch so viele Menschen auf derartige Versprechen – wie die mit den dreißig Prozent – reinfallen, ist für mich wirklich schwer zu verstehen. Ich meine, die Leute bekommen es doch überall im Radio, im Fernsehen und im Internet mit, wenn davon berichtet wird, wie gering der Zinssatz nur noch ist. Und dann glauben sie solche Zahlen?«

»Die Dummen und die Leichtgläubigen sterben halt nie aus«, meinte Sir Theodore, der ihnen gegenüber den Eckplatz eingenommen hatte, damit seine Pudel neben ihm sitzen konnten, wo sie von Zeit etwas von seinem Teller abbekamen.

»Sie verwöhnen Ihre Dreierbande aber auf einmal sehr«, stellte Louise fest. »Ich dachte, die Herrschaften müssen auf ihre Linie achten.«

»Die Zeiten sind vorbei«, verkündete Sir Theodore. »Diese letzte Hundeshow hat mir die Augen geöffnet, zwar etwas spät, wie ich gestehen muss, aber lieber spät als nie, sage ich mir.« Er sah in die Runde. »Was ich über diese vielen Mittel gehört und gelesen habe, die Leute ihren Tieren unters Essen mischen oder am besten gleich spritzen, das hat mich sehr erschreckt. Ich möchte mit dieser Welt dort nichts mehr zu tun haben, und ich werde mich gegen diese Tierquälerei engagieren.«

»Was halten Sie davon, wenn wir nächstes Jahr selbst eine Hundeausstellung organisieren, Sir Theodore?«, schlug Nathalie vor.

»Und zwar eine alternative Ausstellung«, schloss sich Louise dem Vorschlag prompt an, »bei der die Hunde nicht nach Stammbaum oder Haltung bewertet, sondern nach Natürlichkeit, nach dem treuesten Blick und so weiter. Wir können …«

Während Louise eine Idee nach der anderen zum Besten gab, sagte Rob leise: »Ach, ähm, Nathalie. Als wir uns für heute zum Abendessen verabredet hatten, war ich eigentlich davon ausgegangen, dass nur wir zwei hier sitzen würden, aber nicht noch ein halbes Dutzend Leute mehr.«

»Ich weiß, Rob, ich weiß. Aber dafür ist es noch zu früh.«

»Okay«, erwiderte er und lächelte sie an. »Das kann ich akzeptieren, und ich kann auch warten. Aber … du wirst mir hoffentlich sagen, wenn es auf einmal nicht mehr zu früh ist, oder? Ich will ja den richtigen Augenblick nicht verpassen.«

Sie bewegte abwägend den Kopf hin und her, dann zwinkerte sie ihm zu. »Falls ich es dir nicht sagen sollte, wirst du es schon irgendwie merken.«

»Ich schätze, damit kann ich leben«, flüsterte er ihr zu und widmete sich wieder seinem Teller.

»Gute Idee, ich bin dabei«, gab Sir Theodore begeistert bekannt. »Zwar nicht aktiv als Teilnehmer, aber als Schirmherr oder etwas in der Art. Und als Preise verleihen wir dann den goldenen, den silbernen und den bronzenen Pudel.«

»Oder wir verleihen einfach drei blaue Pudel«, konterte Nathalie grinsend.

Im nächsten Moment drehten sich auf der Terrasse des Cafés viele Gäste zum Black Feather um und wunderten sich, wer wohl für dieses laute Gelächter verantwortlich war.

ENDE